효경이 뭘까요?

어린이선비교실 엮음

효경이 뭘까요?

어린이선비교실 엮음

자유토론

효경이 뭘까요?

머리말

우리는 부모님의 사랑에 너무나 익숙해져 지냅니다. 마치 공기의 고마움을 모른 채로 살아가듯이 말입니다.

집을 떠나 캠핑이나 여행을 가게 되면 느끼게 되지요. 그 동안 무심코 지나쳤던 많은 것들이 말입니다. 엄마와 아빠, 동생 그리고 포근한 침대까지 어느 순간 그리워집니다. 가족의 소중함이 새록새록 되살아나는 만큼 지난 날의 잘못을 반성하기도 합니다.

아주 오랜 옛날에는 효라는 말 자체가 없었다고 합니다. 당연한 일이어서 굳이 말할 필요가 없었던 것입니다.

세상이 변하면서 사람들도 달라지기 시작했습니다. 사랑의 소중함보다 눈앞의 이익에 눈을 돌리게 된 것입니다. 사람의 도리까지 잃어가면서 말입니다.

잃어버린 물건은 아까워할 줄 알면서 퇴색해 버린 심성에는 미련을 두지 않는 것이 오늘날 우리들의 그

롯된 생각인지도 모릅니다. 낡은 물건도 녹을 벗겨 내고 먼지를 털어 내면 쓸모가 있는데도 말입니다.

하물며 성현들이 부모에 대한 효를 얘기한 〈효경〉은 말할 필요도 없겠지요. 〈효경〉은 공자가 그의 제자 증삼과 나눈 대화 중에서 효에 관한 구절을 추려서 만든 책이랍니다.

〈효경〉의 내용 전부를 한마디로 말한다면 덕의 근본, 혹은 모든 행실의 근원이라고 할 수 있습니다. 그 까닭은 부모 자식 사이의 사랑이 발전하여 모든 사람을 사랑하게 되고, 또 그 사랑이 나라에 대한 사랑으로 발전하기 때문입니다.

이 책에서는 공자가 말한 효 사상을 쉽게 풀이하였고 효를 실천하는 인물 이야기를 함께 실었습니다. 과거 인물의 행동으로 효의 소중한 가치를 다시 한번 새롭게 깨달을 수가 있을 것입니다.

효경이 뭘까요?

차 례

효경이 뭘까요?

효의 근본

제자들과 한가롭게 이야기를 나누던 공자가 옆에 앉은 증자에게 물었습니다.

"삼아, 선대의 왕들은 효도로써 천하를 가르치고 다스렸다. 백성들은 그 도를 본받아 다투는 일 없이 사이좋게 지낼 수 있었다. 지위의 높고 낮음과 상관없이 서로를 원망하지 않았고 부자이거나 가난하거나 모두 화기애애하게 지냈다. 너는 그 도를 아느냐?"

증삼은 자리에서 바로 일어나 한 걸음 물러나 예의를 갖추며 대답하였습니다.

"저처럼 어리석은 사람이 성인의 도를 어찌 알겠습니까? 부디 가르침을 주십시오."

"어버이를 공경하는 효는 덕의 근본이다. 가르침은

거기에서부터 생겨난다. 다시 앉거라. 너에게 자세히 말해 주리라."

증삼이 자리에 앉자, 공자가 다시 말을 이었습니다.

"사람의 신체와 머리털은 모두 부모에게서 물려받은 재산이니라. 그것을 손상시키지 않는 것이 효의 시작이니라. 몸을 바르게 세우고 도를 행하여 후세에 이름을 드날리고, 그로 인해 세상 사람 모두가 어버이를 공경하게 하는 것이 효의 마지막이니라. 어버이를 공경하는 것에서 시작하여, 임금을 섬기는 것을 중심으로 하고, 뜻을 세워 사회에 이바지하는 것이 효의 완성이니라. 〈시경〉에는, '어떤 말을 하거나 행동을 할 때 조상을 생각하지 않을 수 없으니 항상 덕을 닦는 일에 게을러서는 안 된다.'고 하였느니라."

한 번 더 생각해 봅시다

사람은 몸이 건강해야 정신도 건강합니다. 또 정신이 건전해야 몸도 건강해집니다. 즉, 부모에게 효도하면 몸과 마음이 다같이 건강해진다는 뜻입니다.

우리의 몸은 부모로부터 이어받았습니다. 더 넓게는 머리끝에서 발끝까지, 심지어 머리카락 한 올까지 부모로부터, 또 조상으로부터 물려받았습니다. 따라서 부모로부터 물려받은 몸이 건강해야 정신도 건전하여 효도를 할 수 있습니다. 반대로 몸을 다치면 효도를 할 수가 없습니다.

그러므로 효의 시작은 제 몸과 정신을 소중히 지켜 나가는 것입니다.

효도의 최고 목표는 부모의 이름을 드높이는 데 있습니다. 사회에 나아가서 일정한 자리를 찾고 자기의 지위를 높여 세상에 이름을 날리면 후대에까지 자기뿐만 아니라 부모, 또 조상까지도 세상 사람들이 우러러봅니다. 이것이 효의 완성입니다.

원문과 낱말풀이

중니한거　증자시좌　자왈　삼　선왕유지덕요도
仲尼閒居, 曾子侍坐. 子曰, 參, 先王有至德要道,

이훈천하민용화목　상하망원여지지호
以訓天下民用和睦, 上下亡怨女知之乎.

증자피석왈　삼불민하족이지지호
曾子避席曰, 參弗敏何足以知之乎.

자왈　부효덕지본야　교지소요생야
子曰, 夫孝德之本也. 敎之所繇生也.

복좌　오　어여
復坐. 吾, 語女.

신체발부　수우지부모
身體髮膚, 受于之父母.

불감훼상　효지시야
弗敢毁傷, 孝之始也.

입신행도　양명어후세
立身行道, 揚名於後世,

이현부모　효지종야
以顯父母, 孝之終也.

부효시어사친　중어사군　종어입신
夫孝始於事親, 中於事君 終於立身.

대아운　망념이조　율수기덕
大雅云, 亡念爾祖 聿修其德.

중니(仲尼) : 공자의 자(字). 성은 공(孔)이고 이름은 구(丘). 춘추시대의 주나라 영
왕 21년에 노나라 창평향 추읍(지금의 산동성 곡부)에서 태어났다.
증자(曾子) : 공자의 제자. 성은 증(曾)이고 이름은 삼(參)이며, 자(字)는 자여(子
輿)이다.

목숨을 지킨 효자

김 진사와 박 진사는 어려서부터 둘도 없는 친구 사이였습니다.

둘은 십리나 떨어진 마을에서 살았지만 틈만 나면 만나 이야기꽃을 피웠습니다.

그 날도 김 진사는 박 진사를 만나기 위해 나루터에서 배를 탔습니다. 장날이라 많은 사람들이 나루터에서 북적대고 있었습니다.

배에서 내리던 김 진사는 박 진사의 큰아들이 다가오는 것을 보았습니다.

"자네 어딜 가는가?"

"예, 어르신. 장에 볼 일이 있어서 나가려던 참입니다. 아버님께서 기다리고 계십니다."

"음, 그래. 잘 다녀오게."

"예, 어르신."

김 진사 아들은 공손하게 절을 하고 배를 타러 내려갔습니다. 장날이라 많은 사람들이 배에 오르고 있었습니다.

시원한 나무 아래에 앉아 곰방대를 빼어물고 담배를
피우던 김 진사는 깜짝 놀라 벌떡 일어났습니다. 글
쎄, 좀 전에 친구 아들이 탔던 배가 강 한가운데서 가
라앉고 있질 않겠습니까.

"아이고, 저걸 어쩌나, 저걸 어째!"

김 진사는 발을 동동 굴렀지만 어찌해 볼 도리가 없었습니다. 사람들의 아우성 소리가 요란했지만 워낙 깊은 물 속이라 누가 도움을 주기도 전에 배는 점점 가라앉고 말았습니다.

많은 사람들은 거센 물살에 휘말려 허우적거리다가 하나하나 물 속으로 사라져 갔습니다. 강기슭에서 그 광경을 지켜보고 있던 사람들은 너무 먼 곳에서 일어난 일이라 어떻게 손을 쓸 수가 없었습니다. 그저 안타까워 발만 동동 구를 뿐이었습니다.

김 진사는 너무나 당황하여 어찌할 바를 몰랐습니다. 서둘러 허둥지둥 친구 집으로 걸음을 옮겼습니다.

김 진사는 허겁지겁 친구 집으로 뛰어갔습니다.

"어허, 이 사람 박 진사, 이걸 어쩌면 좋은가. 글쎄 자네 아들이……."

"이런 사람을 보았나. 양반 체면에 그

렇게 허겁지겁 뛰어오면서 소리까지 지를 게 뭐 있나.
어서 들어오게."

그렇게 다급한 상황인데도 박 진사는 아무렇지도 않
다는 듯 김 진사를 맞이하였습니다.

"글쎄, 이렇게 꾸물거릴 때가 아니래두! 자네 아들
이 탄 배가 강 한가운데서 침몰되고 말았네. 모두 죽
었어!"

"그렇게 호들갑 떨지 말고 어서 들어오기나 하게."

박 진사는 여전히 느긋하게 안에 대고 술상을 봐오
라는 주문까지 하였습니다.

"이런 사람을 보았나. 자네 아들이 죽었다는데 한가
하게 술상이나 받겠단 말인가?"

김 진사는 여전히 태연하기만 한 친구를 이해할 수

없었지만 박 진사는 내어 온 술상 앞에 앉으며 잔을
내밀었습니다.

"조금만 기다려 보게."

"뭘 기다리란 말인가?"

"이렇게 성미 급한 친구를 보았나."

박 진사는 얼굴이 하얗게 질려 있는 김 진사 술잔에
술을 가득 채우며 빙그레 웃기까지 하는 것이었습니다

그런데 얼마 후였습니다. 김 진사는 깜짝 놀라고 말
았습니다. 아 글쎄, 좀 전에 배를 탔다 사고를 당했던
박 진사 큰아들이 뚜벅뚜벅 걸어 들어오질 않겠어요.

"아니 자네 어떻게 된 일인가? 아까 사고가 난 배에
오르지 않았던가?"

김 진사는 영문을 몰라 어리둥절해 하며 친구의 아
들에게 물었습니다.

"예, 올랐었지요."

"그런데 어떻게 무사할 수 있었단 말인가. 모두 변
을 당했는데."

"배를 타고 보니 사람들이 너무 많았습니다. 그래서
위험하겠다는 생각이 들어 그냥 내려서 돌아왔습니
다."

"그 순간에 어떻게 그런 생각까지 했단 말인가?"

"어려서부터 아버님께서는 늘 저에게 위험한 곳에 가지 말라는 당부를 하셨습니다. 그 말을 떠올렸을 뿐입니다."

박 진사가 다시 말을 받았습니다.

"비록 몸은 제 것이라지만 부모로부터 받은 것이 아닌가. 다치지 않게 하는 게 자식 된 도리이지. 내 몸은 조상으로부터 면면이 이어받은 소중한 재산인데 머리끝에서 발끝까지, 심지어 머리카락 한 올까지도 함부로 다루어서는 안 될 일이지. 또한 몸을 건강하게 지켜야 정신도 건전하여 올바른 효를 행할 수 있는 것 아니겠는가?"

그제야 김 진사는 친구가 그토록 태연할 수 있었던 까닭을 이해하였습니다.

천자의 효도

공자가 말했습니다.

"진심으로 어버이를 사랑하는 사람은 남을 미워하는 일이 없다. 어버이를 존경하는 사람은 남을 업신여기지 않는 법이다.

진정으로 마음 속 깊이 자기의 어버이를 존경하는 자는 남을 깔본다거나 오만한 태도를 취하지 않는다. 천자가 어버이를 사랑과 정성을 다해 섬기면 덕의 가르침이 백성으로 전해져 가장 의로운 법이 되는 것이니, 그것이야말로 천자의 효이니라. 〈서경〉 여형편에 이르기를 천자가 덕을 지녀 효를 몸소 행하면 그 행실이 모든 백성들에게 미쳐 모두 그의 행실을 본받고 복을 받는다고 하였다."

한 번 더 생각해 봅시다

　　천자는 천하를 대표하는 사람입니다. 아랫사람들은 윗사람의 본을 받아 행동합니다. 따라서 임금이 덕을 베풀면 백성들도 따라서 덕을 실천하게 됩니다.
　　천자가 자기 부모를 공손히 섬기면 아랫사람들도 자기 부모에게 정성을 다하게 됩니다. 어린아이들까지도 자기 부모를 사랑과 공경으로 정성껏 모시고 그 형을 공경할 줄 알게 됩니다.
　　자기 부모와 형을 사랑하는 마음은 사람의 타고난 성품입니다. 천자 역시 그 천성에 따라서 나라를 다스리고 백성들을 이끌었던 것입니다.

원문과 낱말풀이

자왈　애친자　불감오어인　경친자　불감만어인
子曰, 愛親子, 弗敢惡於人. 敬親者, 弗敢慢於人.

애경진어사친　연후덕교가어백성
愛敬盡於事親, 然後德敎加於百姓,

형어사해　개천자지효야
刑於四海, 蓋天子之孝也.

여형운　일인유경　조민뢰지
呂刑云, 一人有慶, 兆民賴之.

천자(天子) : 왕의 아버지는 하늘이고, 어머니는 땅이다. 그러므로 천자라 한다.
여형(呂刑) : 여형은 〈서경〉에 수록되어 있다. 여후(呂侯)가 주나라의 관리가 되어 왕명을 받아 형벌을 만들어 백성에게 알린 것.

하루 세 번 인사드리는 효

중국 주나라의 문왕 창이 세자가 되어 아버지 왕계를 섬길 때였습니다.

새벽 첫닭이 울면 문왕은 옷을 갈아입고 아버지가 계시는 곳으로 찾아갔습니다.

"편히 주무셨는지요?"

문왕은 문 밖에 서서 정중하게 아버지의 건강을 여쭈었습니다.

점심때에도 어김없이 아버지를 찾아갔습니다. 그리고 해가 질 무렵에도 문안 인사를 드렸습니다.

그러던 어느 날입니다. 문왕은 아버지의 몸이 불편하다는 말을 들었습니다.

"왜 그 말을 진작 전하지 않았느냐?"

문왕은 신발도 제대로 신지 않고 아버지가 계신 곳으로 달려갔습니다.

"많이 불편하신지요?"

문왕은 아버지 앞에서 여쭈었습니다. 그리고 의사가 진찰하는 동안 그 자리를 꼼짝 않고 지켰습니다.

23

"중한 병은 아닌 듯하옵니다. 너무 염려하지 마옵소서."

의사의 말에도 문왕의 걱정스런 표정은 지워지지 않았습니다.

문왕은 며칠 동안 아버지 곁에 머무르며 병 간호를 했습니다.

식사 때도 음식이 너무 차갑거나 너무 뜨겁지는 않은지 직접 살폈습니다. 상을 물릴 적에도 항상 먼저 여쭈었습니다.

"더 올릴 것이 없는지요?"

문왕의 지극한 효도는 백성들 사이에 널리 알려졌습니다.

"그런 왕을 모신다는 것이 얼마나 큰 행운인가."

"왕을 본받아 우리도 어버이 섬기기를 게을리해서는 안 되겠네."

백성들은 효성이 지극한 문왕을 존경하며 따랐고 왕의 효도를 본받아 실천하였습니다.

왕위에 오른 효자

"너는 어째서 그렇게 아둔한 짓만 하느냐? 오늘 중으로 논을 다 갈아 놓으라고 이르지 않았더냐?"

순은 어려서부터 의붓어머니의 손에서 자랐습니다. 의붓어머니는 순을 사사건건 트집잡았습니다. 하지만 순은 너무도 착했습니다. 아무리 못살게 굴어도 순은 불평 한 마디 하지 않았습니다.

"낳아 준 분만 어머니가 아닙니다. 저를 길러 주신 분도 세상에 한 분밖에 없는 어머니가 되십니다."

왜 참기만 하느냐고 사람들이 물으면 순은 항상 그렇게 대답하고는 했습니다.

그렇지만 자신을 친자식처럼 대해 주지 않는 의붓어머니 때문에 마음이 아팠습니다.

순은 아침부터 저녁까지 물을 길어 나르고 땔나무를 해 나르느라 허리 한 번 펴지 못했습니다. 밭일, 논일, 어느 것도 소홀히 하지 않고 열심히 일했습니다.

그래도 의붓어머니는 순을 끊임없이 괴롭혔습니다.

"오늘은 이 옥수수를 다 심어라!"

하루는 옥수수 씨앗이 가득 담긴 자루를 순에게 주며 퉁명스레 말했습니다.

순은 밭에 나가 옥수수 씨앗을 부지런히 심었습니다. 하지만 날이 저물 때까지 절반도 채 심지 못했습니다.

'어머니를 기쁘게 해드리려면 이걸 다 심어야 되는데…… . 밤을 새워서라도 끝마쳐야겠다.'

순은 괭이질을 더욱 빨리 했습니다. 땀이 비 오듯 흘러내렸지만 아랑곳하지 않고 옥수수 씨앗을 심어 나갔습니다.

한참 일에 몰두하고 있는데 어디서 이상한 소리가 들려왔습니다. 고개를 든 순은 깜짝 놀랐습니다.

'저건 코끼리 떼가 아닌가.'

수십 마리의 코끼리가 순이 있는 곳을 향해 오고 있질 않겠습니까. 그리고 하늘 가득 새들도 날아오고 있었습니다.

순 곁으로 다가온 코끼리들은 누가 시키기라도 한 것처럼 커다란 코로 땅을 갈아엎기 시작했습니다. 그러면 새들이 그 자리에 옥수수 씨앗을 물어다가 떨어뜨렸습니다.

"아니, 어떻게 된 일이지?"

지나가던 어른들이 그 모습을 보고 눈이 휘둥그래졌습니다.

"순이 너무나 착하니까 하늘이 그를 도와주고 있는 거야."

"코끼리 떼가 밭을 갈고 새가 씨앗을 뿌려 주다니,

순의 효도가 하늘을 감동시킨 거야."

모두 한 마디씩 하였습니다. 그리고 그 소문은 금방 나라 전체로 퍼졌습니다.

코끼리와 새들이 옥수수를 심어 줬다는 순의 이야기는 어느새 요 임금님의 귀에까지 들어갔습니다.

요 임금님은 자신의 뒤를 이어 나라를 다스릴 새로운 왕을 찾고 있던 중이었습니다. 당시에는 친자식이 아니더라도 인품이 뛰어난 사람에게 왕위를 물려 줄 수가 있었습니다.

"허어, 코끼리가 밭을 갈고, 새가 씨앗을 뿌려 주다니, 그 사람이야말로 하늘에서 내린 어진 왕이로구나."

요 임금님은 순의 집안이 몹시 가난하다는 말을 듣고 먼저 많은 재물을 보내었습니다.

"아이구머니나 이게 다 순의 재물이란 말인가?"

재물을 본 의붓어머니는 벌어진 입을 다물지 못했습니다. 그래서 자기가 낳은 자식과 음모를 꾸며 순을 죽일 계획을 세웠습니다.

어느 비 오는 날이었습니다. 의붓어머니는 순을 불러 지붕이 새니 올라가서 고치라고 말했습니다.

"예, 어머니."

순은 어머니가 시키는 대로 사다리를 타고 지붕 위로 올라갔습니다.

"이 때다!"

의붓어머니는 아들에게 빨리 사다리를 치우고 불을 지르라고 시켰습니다. 불은 금방 기둥을 타고 지붕으로까지 올라갔습니다.

순은 다급한 김에 지붕에서 뛰어내렸습니다. 다행히 다리만 약간 다쳤을 뿐이었습니다.

또 한번은 우물을 청소하라고 해서 우물 밑으로 내려갔습니다. 의붓어머니는 커다란 돌멩이로 우물을 통째로 메워 버렸습니다. 다행히도 다른 우물과 통하는 길이 있어 순은 목숨을 구할 수 있었습니다.

마음 착한 순은 자신을 죽이려 드는 의붓어머니와 동생을 조금도 미워하지 않았습니다.

오히려 임금이 된 뒤로 더 지극한 정성으로 모셨습니다.

"내가 죽을 짓을 했구나. 저렇듯 어진 사람을 그토록 괴롭혔다니……."

의붓어머니는 순의 효심에 감동하여 잘못을 뉘우쳤

습니다.

　세상 사람들은 순을 가리켜 하늘이 내린 효자라고
불렀습니다. 백성들은 순의 지극한 효성에 감동하여
저절로 효행을 쌓았습니다. 그리하여 나라는 평화로워
지고 백성들은 태평 성대를 누릴 수 있었습니다.

제후의 효

공자가 말했습니다.

"윗자리에 있으면서도 교만하지 않으면 자리가 높아져도 위태롭지 않다. 절약하는 습관을 몸에 익히고 법도를 지키면 권세가 가득하여도 넘치지 않는다.

부유함과 귀함이 자신을 떠나지 않아야만 물려받은 지위를 지킬 수 있다. 그리고 백성들을 화목하게 다스릴 수도 있다. 이것이 제후의 효도이다.

〈시경〉에는 제후의 효를 '깊은 연못 가까이 다다른 듯 두려워하고 조심해야 하고, 살얼음판을 밟듯 하여야 한다.'고 하였느니라."

한 번 더 생각해 봅시다

먼저 <u>스스로</u> 검소한 생활을 행하고 그것을 기준으로 삼아 다른 사람을 대한다면 틀림이 없을 것입니다.

또 자기 가정을 잘 다스려 집안이 번영해 나갈 수 있는 도를 세운 후에 다른 집도 이끌어 나가면 됩니다. 마을을 바르게 다스려 다른 마을을 이끌어 가고, 나라를 다스리는 일도 그와 같습니다. 또한 세상을 대하는 것도 같은 이치입니다.

바른 도를 세워 몸소 실천하고 작은 욕심에 사로잡히지 않아야 합니다. 무엇으로 천하의 바른 것을 알 수 있을 것인가. 바로 검소한 생활입니다.

원문과 낱말풀이

자 왈　거 상 불 교　고 이 불 위　제 절 근 도　만 이 불 일
子曰, 居上不驕, 高而不危, 制節謹度, 滿而不溢.

고 이 불 위　소 이 장 수 귀 야　만 이 불 일　소 이 장 수 부 야
高而不危, 所以長守貴也. 滿而不溢, 所以長守富也.

부 귀 불 리 기 신　연 후 능 보 기 사 직　이 화 기 민 인
富貴弗離其身. 然後能保其社稷, 而和其民人.

개 제 후 지 효 야
蓋諸侯之孝也.

시 운　전 전 긍 긍　여 임 심 연　여 이 박 빙
詩云, 戰戰兢兢, 如臨深淵, 如履薄氷.

제후(諸侯) : 중국의 봉건 시대에는 천자가 제일 높은 자리에 있고, 다음으로는 천자가 내려준 영토와 백성을 다스리는 제후가 있었다.

사직(社稷) : 나라 또는 조정. 고대 중국에서는 새로 왕조를 세우거나 제후가 되면 사직을 세우고 제사를 지낸다. 땅의 신을 사(社), 곡식의 신을 직(稷)이라고 하였다.

나라의 기틀을 튼튼히 다진 주공

주공은 주나라 무왕의 동생이었습니다. 그는 아버지 문왕과 형 무왕을 도와 주나라를 세우는 데 온 정성을 쏟았습니다.

효심이 깊었을 뿐만 아니라 형과도 우애가 아주 깊었습니다.

아버지의 왕위를 물려받은 무왕이 병을 앓아 목숨이 위태로울 지경에 이르렀습니다.

"하늘이시여, 형님은 나라를 다스려야 할 분이옵니다. 형님 대신 저를 데려가 주소서."

온 정성을 다해 보살폈지만 무왕은 주공의 우애를 뒤로 한 채 저세상으로 떠났습니다.

어린 조카 성왕이 왕위에 올랐습니다. 주공은 어린 조카를 도와 나라를 다스렸습니다. 막강한 왕의 권력을 주었지만 주공은 한번도 그 권력을 함부로 휘두르지 않았습니다.

백성들을 괴롭히는 못된 관리를 벌주고 민심을 다독이고 나라의 안정을 위해 최선을 다했습니다.

세월이 흘러 성왕이 직접 나라를 다스릴 수 있는 나이가 되었습니다.

그제야 주공은 그 동안의 공을 인정받을 수 있었습니다.

주공은 노나라 제후로 임명되었습니다.

중국의 봉건 시대에는 천자가 제일 높은 자리에 있고, 다음으로는 천자가 내려 준 영토와 백성을 다스리는 제후가 있었습니다.

그러나 주공은 주나라를 떠나지 않았습니다. 대신 아들을 보냈습니다.

"노나라에 가거든 신하들을 업신여기지 말아라. 제후라고 해서 사람들의 원망을 사는 일을 해서는 안 된다. 오로지 덕으로 나라를 다스려야 하느니라."

주공은 아들에게 수없이 다짐을 주었습니다.

그 뒤로도 주공은 성왕 곁에 머물며 왕실의 기초를 튼튼히 다지는 데 온 힘을 다했습니다.

공자가 최고의 찬사를 아끼지 않는 사람이 주공입니다. 욕심 없이 조카를 잘 도와 나라를 안정시켰고 언제나 몸가짐을 조심했기 때문입니다.

관리의 효도

공자가 말했습니다.

"신분과 지위에 맞지 않는 옷은 입지 말아야 한다. 도리에 맞는 말이 아니면 하지 말아야 한다. 또한 덕 있는 행동이 아니면 행해서는 안 되느니라.

그러므로 예의 있는 말이 아니면 결코 해서는 안 되고, 도덕에 맞는 행동이 아니면 결코 행해서는 안 된다. 그렇게 하면 말과 행동을 가리지 않더라도 도리에 어긋나는 일이 없다.

말이 천하 곳곳에 가득 차도 말을 잘못 하는 일이 없고, 행동이 천하 곳곳에 가득 차도 원망과 미움을 받는 일이 없다.

신분에 맞는 옷을 입고, 도리에 맞는 말을 하고, 덕

있는 행동을 한다면 효자로서 완전하다고 할 수 있다. 그런 다음에야 나라에서 받은 재물과 지위를 유지할 수 있다. 그리고 조상을 모셔 놓은 사당을 지킬 수가 있다. 이것이 벼슬에 있는 관리의 효도이니라.

〈시경〉에는 '아침 일찍부터 밤 늦게까지 게으름을 피우는 일 없이 천자를 섬긴다.'라고 하였다."

한 번 더 생각해 봅시다

나라를 다스리는 정치가는 신분에 맞는 옷을 입고, 도리에 맞는 말을 하고, 덕 있는 행동을 해야 합니다. 그래야만 백성들이 이를 본받아 윗사람을 올바로 섬기고 아랫사람을 올바르게 이끌게 됩니다. 제후가 할 수 있는 효란 바로 이런 것입니다.

그러므로 정치가는 가볍게 행동해서는 안 됩니다. 행동이 무겁지 않으면 위엄이 없고, 학문 또한 견고하지 못하게 됩니다. 남을 비방하는 말을 하지 말고, 잘난 체하지 말며 쓸데없는 소리도 하지 말아야 합니다.

원문과 낱말풀이

자왈 비선왕지법복불감복
子曰, 非先王之法服弗敢服.

비선왕지법언불감도
非先王之法言弗敢道.

비선왕지덕행불감행
非先王之德行弗敢行.

시고 비법불언 비도불행
是故, 非法弗言, 非道弗行

구무택언 신무택행
口無擇言, 身無擇行.

언만천하망구과 행만천하망원악
言滿天下亡口過, 行滿天下亡怨惡.

삼자비의 연후능보기녹위 이수기종묘
三者備矣 然後能保其祿位, 而守其宗廟.

개경대부지효야
蓋卿大夫之孝也.

시운 숙야비해 이사일인
詩云, 夙夜匪懈, 以事一人.

경대부(卿大夫) : 경과 대부. 곧 오늘날의 장관, 차관과 비슷하다.

법복(法服) : 색깔로 신분과 지위를 나타내기 위해 구별해 놓은 옷으로 신분에 맞는 옷을 입어야 한다는 뜻이다.

법언(法言) : 바른 도리 또는 법도에 맞는 말로 백성의 윗사람 되는 관리들은 항상 모범이 될 만한 말을 해야 한다는 뜻이다.

구과(口過) : 입으로 한 실수, 즉 잘못된 말을 뜻한다.

숙야비해(夙夜匪懈) : 이른 아침부터 늦은 밤까지 게을리 하지 않는다는 말이다.

포로에게 고개 숙인 무왕

한번은 주나라와 은나라 사이에 치열한 전투가 벌어졌습니다.

은나라 주왕은 주나라를 멸망시키기 위해 물불을 가리지 않았습니다. 힘없는 어린아이는 물론이고 노인들까지 병사로 만들어 전쟁터로 내보냈습니다.

왕을 향한 백성들의 원망이 하늘을 찔렀지만 주왕은 눈 하나 깜짝하지 않았습니다.

하지만 주나라의 무왕은 참으로 인자한 성품을 지닌 왕이었습니다.

"아니, 어린아이가 아니냐? 허어, 저 노인들은 왜 끌려왔단 말이냐?"

무왕은 포로로 잡혀 온 어린아이나 노인들이 은나라의 병사라는 것을 알고는 몹시 놀랐습니다.

"어떻게 사람의 탈을 쓰고 그럴 수가 있단 말인가."

무왕은 힘이 없는 그 사람들을 보고 가슴이 아팠습니다.

"백성을 괴롭히는 왕을 그대로 놔둘 수는 없다!"

　　무왕은 백성들을 괴롭히는 주왕의 횡포를 없애기 위
해서라도 하루 빨리 중국을 통일시켜야 된다고 굳게
결심하였습니다.

　　마침 포로 두 명이 다시 잡혀왔습니다. 무왕은 두

포로를 불러오게 하였습니다.

"은나라에서 가장 나쁜 점은 무엇이라고 생각하느냐? 너희들이 보고 느낀 대로 말해 보아라."

포로들은 무왕의 인자함에 이끌려 말문을 열었습니다.

"은나라에서 가장 나쁜 점은 자식이 어버이를 무시하고, 동생이 형을 업신여기는 것입니다. 게다가 아랫사람이 윗사람의 명령에 따르지 않으니 그것이 가장 큰 일이옵니다."

무왕은 포로의 말을 듣고 깨달은 바가 컸습니다. 너무도 소중한 가르침이었습니다.

무왕은 그 자리에서 포로에게 절을 하여 감사의 뜻을 나타냈습니다.

무왕은 항상 그 말을 가슴에 새겨 행동했고, 드디어 천하를 통일할 수 있었습니다.

그 뒤로도 무왕은 늘 행동을 조심하며 나라를 다스려 태평 성대를 이루었습니다.

입술이 없으면 이가 시리다

중국 춘추전국 시대의 진나라 헌공은 괵나라를 반드시 빼앗고 말겠다고 다짐하였습니다.

그런데 괵나라를 치려면 반드시 우나라를 지나가야만 했습니다.

진나라의 헌공은 사신을 보내 우나라의 길을 잠시만 빌려달라는 청을 넣었습니다.

"우리 진나라는 괵나라를 치려고 합니다. 길을 잠시 빌려 주십시오"

사신은 진나라 헌공이 보낸 진귀한 보물을 왕 앞에 내놓았습니다.

"호오, 정말로 진귀한 보물이로구나. 내 저렇게 좋은 보물은 한번도 본 적이 없다."

우나라 왕은 헌공이 보내온 뇌물에 마음을 빼앗겼습니다.

"길 빌려 주는 것이 뭐가 어렵겠는가. 그렇게 하도록 하여라."

우나라 왕은 선뜻 승낙의 뜻을 내보였습니다. 그러

자 궁지기라는 신하가 펄쩍 뛰며 이를 막았습니다.

"절대로 길을 빌려 주어서는 안 됩니다. 괵나라가 진나라의 수중에 들어가면 우나라도 역시 진나라의 차지가 될 게 뻔합니다. 괵나라가 없는 우나라는 입술 없는 이와 같은 신세가 될 것입니다."

그러나 우나라 왕은 이미 재물에 눈이 어두워 있었습니다.

"무슨 소릴 하는 거냐! 잠시 길을 빌려 주는 일이다. 길을 빌려 준 은공을 그렇게 함부로 내버릴 것 같으냐!"

우나라 왕은 궁지기를 향해 불같이 화를 내었습니다. 그리고 사신을 향해 말했습니다.

"우리는 상관없으니 마음대로 길을 사용해도 된다고 말하시오."

우나라 왕은 궁지기의 반대에도 불구하고 길을 빌려 주고 말았습니다.

예상대로 진 헌공은 괵나라를 쉽게 점령하였습니다. 하지만 욕심이 다시 솟구쳤습니다.

"흐음, 이왕 시작한 김에 우나라도 우리 손아귀에 넣는 것이 좋겠는데……."

　그렇게 생각한 진나라 헌공은 돌아가는 척하면서 우
나라를 공격해 버렸습니다.

　결국 우나라 왕의 욕심은 괵나라를 망하게 하고, 우
나라도 무너지게 했습니다. 그리고 우나라 왕이 그렇
게도 탐을 냈던 진귀한 보물들도 고스란히 진나라 헌
공에게로 넘어갔습니다.

제나라 관중

"벼슬자리는 많지 않은데 벼슬을 하려는 사람이 너무 많아 걱정스럽소."

제나라 환공이 재상 관중에게 물었습니다.

"벼슬을 달라고 하는 사람들의 말을 듣지 마십시오. 나라의 녹은 능력에 따라 주어야 합니다. 세운 공에 따라 벼슬을 내린다면 능력이 없고 공이 없는 사람이 벼슬자리를 구하는 일이 없을 것입니다. 그러니 하나도 걱정할 일이 못됩니다."

환공은 관중의 말에 고개를 끄덕였습니다.

관중은 관리를 뽑을 때 조금도 개인적인 생각을 하지 않았습니다. 항상 공정하게 일을 처리하였습니다.

과거에 관중은 노나라 왕을 세우는 문제로 벌을 받은 적이 있었습니다. 노나라에서 제나라까지 묶여 갔습니다.

길을 가던 중에 관중은 너무도 목이 말랐습니다. 국경에 이르러 경비병의 집을 찾아갔습니다.

"이게 누구십니까. 어서 들어오십시오."

경비병은 관중을 알고 있었기 때문에 반갑게 맞이하
였습니다.

"미안하지만 나는 지금 너무 목이 마른데, 물 한 잔
만 얻어 먹었으면 좋겠군."

"아이고 뭐가 미안하다는 말씀이십니까. 어서 안으

로 드십시오."

관중이 안으로 들어오자 경비병은 무릎을 꿇고 절까지 했습니다. 그리고 좋은 음식을 차린 상을 내놓았습니다.

한참 후에 경비병은 관중에게 조심스럽게 입을 열었습니다.

"무사하게 제나라에 도착하여 관리가 되면, 저에게 어떤 대가를 주시겠습니까?"

"그대의 말대로 내가 관리가 되는 날이면 나는 현명한 사람을 뽑아야 할 것이고, 능력 있는 사람에게는 상을 내려야 할 것이오. 그대가 생각하기에 내가 어떤 식으로 그대의 신세에 보답하였으면 좋겠소? 현명한 사람으로 뽑아야 할 것 같소, 아니면 능력을 높이 사야 할 것 같소? 또 어떤 공로로 상을 내려야 하는 것이오?"

그 말에 경비병은 고개를 푹 숙였습니다.

그리고 아무 말도 하지 못했습니다.

선비의 효

공자가 말했습니다.

"아버지 섬기는 것을 근본으로 삼아 어머니를 섬겨야 한다. 그러나 두 사람을 사랑하는 마음은 같아야 한다. 아버지 섬기는 것을 근본으로 삼아 임금을 섬겨야 한다. 그러나 공경하는 마음은 같아야 한다.

그러므로 어머니를 섬기면서 사랑하는 마음을 얻고, 임금을 섬기면서 공경하는 마음을 얻으니, 이 두 가지를 겸하여 섬겨야 하는 분이 아버지이다.

효로써 임금을 섬기면 충성하는 것이 되고, 공경으로써 어른을 섬기면 도리를 따르는 것이 된다. 충성과 도리를 따라 윗사람을 섬긴 후에야 나라에서 받은 재물과 지위를 보존하고 조상의 제사를 지킬 수 있다.

이것을 선비의 효도라고 하느니라.

〈시경〉에는 '아침 일찍 일어나 밤 늦게 잘 때까지 나를 낳아 준 분을 욕되게 하지 말라.'라고 하였다."

한 번 더 생각해 봅시다

사람은 누구나 반드시 근본이 있습니다. 부모야말로 인간의 근본입니다. 부모와 자식, 형제 사이는 하늘이 맺어준 도리입니다. 이에 따라서 부부, 어른과 아이, 임금과 신하, 친구 사이에 도리와 질서가 생깁니다.

공자의 제자 자하가 〈논어〉의 학이편에서 한 말입니다.

"어진 사람을 만났을 때 존경하는 마음을 나타내고, 부모를 섬기되 자기 힘을 다하고, 임금을 섬기되 몸을 바쳐 충성하고, 벗들과 사귀되 말에 믿음이 있는 사람이라면, 그 사람이 비록 배우지 않았다 하더라도 나는 반드시 그런 사람을 배움이 있는 사람이라고 할 것이다."

어진 사람을 마음 속으로 존경하고, 부모에게 효도를 다하며, 임금에게 충성을 다하고, 친구와 사귈 때는 말과 행동에 신의가 있어야 한다는 말입니다.

원문과 낱말풀이

자왈 자어사부이사모 기애동
子曰, 資於事父以事母, 其愛同.

고 자어사부이사군 기경동
故資於事父以事君, 其敬同.

고 모취기애 이군취기경
故母取其愛, 而君取其敬.

겸지자부야
兼之者父也.

고 이효사군즉충 이제사장즉순
故以孝事君則忠, 以弟事長則順.

충순불실 이사기상
忠順不失, 以事其上.

연후능보기작록 이수기제사
然後能保其爵祿, 而守其祭祀.

개사지효야
蓋士之孝也.

시운 숙흥야매 망첨이소생
詩云, 夙興夜寐, 亡忝爾所生.

사(士) : 관리와 일반 평민 사이의 신분으로 귀족 계급에서 가장 낮다. 선비는 학문을 하는 사람을 가리킨다.

군(君) : 영토를 가지고 백성을 다스리는 사람 모두를 군이라고 한다.

죽음이 두렵지 않은 김천일

1592년 우리 나라에서는 왜적의 침입으로 온 나라가 쑥대밭이 되어 버렸습니다. 선조 임금은 한양을 버리고 평양까지 피난을 갔습니다.

당시, 벼슬을 그만 두고 고향 나주에 내려가 있던 김천일의 귀에도 서울 함락 소식이 전해졌습니다.

"조상 대대로 나라의 녹을 먹고 살았으면서 임금님이 피난을 간 마당에 어찌 고향에 파묻혀 살 수 있단 말인가. 반드시 이 나라의 위기를 막을 것이다. 나라를 구하지 못한다면 죽음밖에 없다."

김천일은 당장 뜻을 같이 할 의병을 모았습니다.

"나라를 구하지 못한다면 우리의 목숨은 없다!"

"절대 적들에게 이 나라를 더럽혀서는 안 된다!"

김천일은 곧바로 의병 부대를 이끌고 북으로 이동하여 강화도를 지켰습니다.

그 무렵 왜적들은 명나라 군대에 밀려 남쪽으로 쫓겨 내려가고 있었습니다. 식량이 바닥나자 왜적들은 곡창 지대인 호남 지방을 노렸습니다.

"호남은 우리 나라의 근본이다. 진주는 호남으로 통하는 길목이니 진주를 지키면 호남을 막을 수 있다."

김천일은 의병을 이끌고 진주로 향했습니다.

마침내 왜적들이 진주성을 공격해 왔습니다.

때는 장마철이라 활시위에 물기가 먹어 화살이 멀리 날아가지 못했습니다. 흙으로 쌓은 성벽도 비에 젖어 쉽게 무너져 버렸습니다.

싸움이 불리해지자, 부하 한 사람이 김천일에게 말했습니다.

　"장군께서는 사태가 위급하니 우선 몸을 피하십시
오."

　하지만 김천일은 그 말을 듣지 않았습니다.

　"나더러 도망을 치란 말인가? 죽더라도 그럴 수는
없다!"

　김천일은 아랑곳하지 않고 계속 싸움을 지휘했습니
다.

김천일의 노력에도 불구하고 진주성은 왜적의 총격을 이겨내지 못하고 무너지고 말았습니다.

성을 차지한 왜장은 큰 소리로 외쳤습니다.

"김천일은 나와서 칼을 받으라!"

죽음을 앞둔 김천일은 오히려 크게 웃으며 왜군들을 향해 말했습니다.

"군사를 일으킬 적에 이미 죽을 각오가 되어 있었다. 하지만 내가 너희 왜놈들에게 호락호락 목숨을 넘겨 줄 위인은 아니다!"

김천일은 임금이 있는 북쪽을 향해 절을 올렸습니다. 그리고 아들 건상을 껴안은 채로 남강에 몸을 던졌습니다.

충효를 실천한 김천일 부자와 같은 인물이 많았기 때문에 우리 나라는 슬기롭게 임진왜란을 이겨낼 수 있었습니다.

비령자와 아들 거진의 죽음

신라 진덕여왕 때 백제군이 쳐들어오자 신라군은 목숨을 걸고 맞서 싸웠습니다. 하지만 수많은 백제군에게 밀려 거듭 패하기만 할 뿐이었습니다.

명장 김유신도 손을 쓸 수 없을 정도로 신라군의 사기는 바닥으로 곤두박질쳐 있었습니다.

이제 겁에 질린 신라군은 싸울 엄두도 내지 못하고 쩔쩔 매기만 하였습니다.

"큰일났구나. 군사들 사기가 이렇게 떨어져 있는데 어찌 싸울 수 있단 말인가."

김유신의 걱정은 이만저만이 아니었습니다.

그 때 화랑 비령자가 김유신 앞으로 나갔습니다.

"대장군, 제가 단숨에 적의 사기를 꺾어 놓겠습니다. 그러면 우리 군사들의 사기가 살아나 쉽게 적을 물리칠 수 있을 겁니다. 제게 명령만 내려 주십시오."

"아니되오. 그대 같은 용맹스런 장군이 목숨이라도 잃는 날이면 우리에게는 어마어마한 손실이 되오."

"그렇지 않사옵니다. 제 청대로 하여 주십시오."

김유신은 비령자의 용기에 마지 못해 허락했습니다.

허락이 떨어지자 비령자는 곧장 하인 합절을 불렀습니다.

"나는 이제 죽을 각오로 적진을 향해 뛰어들 것이다. 아들 거진이 나의 죽음을 보면 내 뒤를 따르리라. 너는 무슨 수를 써서라도 거진을 막아라."

말을 마치고 비령자는 적진으로 뛰어들었습니다. 하지만 수많은 적들에 둘러싸인 그는 너무나 힘이 부족했습니다. 창을 휘둘러 적을 쓰러뜨리다가 결국은 전사하고 말았습니다.

눈앞에서 아버지의 죽음을 지켜본 거진의 눈에서는 불꽃이 튀었습니다. 그는 울분을 참을 수 없었습니다.

"아버지께서 죽음으로써 나라를 구하려는데 어찌 아들로서 살기를 원하겠는가."

거진은 합절의 만류를 뿌리치고 싸움터로 나갔습니다.

거진 역시 용감하게 아버지의 뒤를 따랐습니다.

"내가 하늘같이 모시던 분들이 죽었거늘 어찌 살기를 바라리오."

하인 합절도 눈물을 뿌리면서 싸움터로 향했습니다.

합절도 싸우다가 용맹한 주인 부자의 뒤를 따르고 말았습니다.

비령자와 그의 아들 거진, 그리고 하인 합절의 죽음을 지켜본 신라군은 두 주먹을 불끈 쥐었습니다.

"저렇게 나라를 위해 목숨을 아낌없이 내놓을 배짱도 없단 말인가. 이제라도 싸워야 한다. 모두 나가

자!"

세 사람의 죽음으로 인해 신라군의 사기는 하늘을 찌를 듯이 치솟았습니다. 그리하여 신라군은 맹공격을 퍼부어 백제군을 크게 물리치게 되었습니다.

비령자의 이야기는 충효의 본보기로 많은 신라 사람들에게 커다란 감동을 주었습니다.

일편단심 성삼문

형 문종이 병으로 죽자 수양대군은 조카 단종의 왕위를 빼앗으려는 속셈을 품었습니다. 비밀리에 자신의 뜻에 따르지 않는 충신들을 하나씩 죽여 없앴습니다. 마침내 조카 단종에게서 왕위를 빼앗고 수양대군이 왕위에 오르게 되었습니다.

나라를 다스리는 임금의 상징인 옥새를 성삼문이 세조에게 넘겨줘야 했습니다.

성삼문은 옥새를 안고 가다가 자기도 모르게 부둥켜안고는 눈물을 흘렸습니다. 도저히 세조에게 넘길 수가 없었습니다. 그 자리에서 대성통곡을 하다가 옥새를 다시 단종에게 갖다 주었습니다.

성삼문이 집에 돌아오자 그의 아버지 성승 장군이 호통을 쳤습니다.

"네 어찌 임금을 지켜 드리지 못하고 살아 돌아왔느냐? 나는 너를 절개 있는 선비로 알았는데, 이제 보니 네가 불충을 다 저지르는구나."

성삼문은 아버지 앞에 엎드려 눈물을 흘리면서 말했

습니다.

"아버님, 한 번 죽기는 어렵지 않사옵니다. 소인은 다시 왕위를 찾아 드리기 위해서 죽을 자리를 찾는 중이옵니다."

아들의 말에 성승 장군은 주먹으로 책상을 치며 감격했습니다.

"옳거니, 그럼 그렇지! 내 너를 그리 봤느니라."

그 후에 성삼문은 단종을 다시 왕으로 세우려고 충성을 다했습니다. 하지만 세조에게 들켜 목숨을 잃고 말았습니다.

아버지의 뜻에 따라 죽음으로써 충성과 효도를 다한 성삼문은 오늘날까지 사육신의 한 사람으로서 크게 우러름을 받고 있습니다.

백성의 효

공자가 말했습니다.

"하늘의 도는 봄에 나서 여름에 자라고 가을에 거두고 겨울에 저장하는 것이다. 일반 백성은 봄 여름 가을 겨울 사계절에 따라 땅의 이로운 점을 살려 농사에 힘써야 한다. 그리고 생활이 윤택해지면 낭비하지 않고 절약하여 부모를 효도로써 모셔야 한다. 이것이 일반 백성의 효도이니라."

한 번 더 생각해 봅시다

　　일반 서민은 물론이고 벼슬에 올라 있는 사람이라도 부모님이 건강을 유지할 수 있도록 정성껏 보살펴야 하고, 한편으로 자기 자신도 굶주려 건강을 해치는 일이 없도록 하는 것이 효의 첫걸음입니다. 그것은 이 세상 모든 사람에게 해당되는 효의 기본입니다.

원문과 낱말풀이

　자 왈　 인 천 지 시　 취 지 지 리
子曰, 因天之時, 就地之利.

　근 신 절 용　 이 양 부 모
謹身節用, 以養父母.

　차 서 인 지 효 야
此庶人之孝也.

서인(庶人) : 선비 아래의 신분으로 일반 백성을 뜻한다. 구체적으로 농사와 공업, 상업에 종사하는 사람을 말한다.

그림 그리는 효자 호귀복

호귀복은 늙으신 부모님에게 맛있는 음식과 좋은 옷을 해 드리고 싶었습니다. 하지만 일은 뜻대로 풀리지 않았습니다. 밤을 지새우며 열심히 그림을 그렸지만 그림이 잘 팔리지 않았던 것입니다.

벌이가 많지 않았지만 호귀복의 마음만은 변함이 없었습니다.

'오래지 않아 부모님에게 꼭 호의 호식을 시켜 드릴 것이다.'

매번 호귀복은 가슴 깊이 다짐했습니다. 그리고 더욱더 그림 그리는 일에 몰두했습니다.

"애야, 호의 호식도 좋다만 네 건강이 먼저 아니냐? 몸도 생각해 가며 하려무나."

아들의 지극한 정성도 좋지만 늙은 부모는 아들 건강이 먼저였습니다. 부모는 호귀복을, 호귀복은 부모를 먼저 생각했습니다. 그렇게 서로를 위하면서 살아가기에 비록 가난한 살림이었지만 호귀복의 집은 남부럽지 않게 행복했습니다.

그런데 하늘은 호귀복의 효성도 몰라 주고 그만 어머니를 데려가고 말았습니다.

호귀복은 눈물을 머금고 남문 밖에다 어머니를 모셨습니다. 그리고 날마다 무덤에 나가 통곡하면서 절을 올렸습니다.

어머니의 묘는 한길 바로 옆에 자리하고 있었습니다. 지나가는 사람들이 호귀복의 우는 모습에 모두 눈

물을 흘렸습니다.

얼마 후 호귀복은 고려 왕릉을 그리는 일을 맡았습니다. 왕릉은 어머니의 무덤에서 십 리쯤 떨어진 곳에 위치해 있었습니다.

호귀복은 낮에는 그림을 그리고 밤에는 어김없이 어머니 무덤을 찾았습니다. 그 후 아버지가 돌아가실 때까지 그 일을 하루도 거르지 않았습니다.

아버지가 돌아가셨을 때에도 호귀복은 어머니 때처럼 똑같이 했습니다.

호귀복의 지극한 효성에 감탄한 사람들이 물어보곤 했습니다.

"그대는 어찌 돌아가신 부모님에게 그토록 정성을 다 쏟는가?"

"부모를 잃어 너무 슬퍼서 그렇습니다."

효성이 지극한 호귀복은 세상을 떠날 때까지 부모를 잊지 않았습니다.

부모는 자식을 낳아 미운 정, 고운 정 모두 쏟아 기릅니다. 그래서 자식은 부모가 돌아가셔도 부모의 정을 잊을 수가 없답니다. 자식이 부모에게 정성을 쏟아 효도하는 것은 자연의 순리입니다.

한겨울에 구한 죽순

맹종은 어려서 일찍 아버지를 잃었습니다. 맹종의 어머니는 정성을 다해 아들을 길렀습니다. 남에게 아비 없는 자식이라는 놀림을 받지 않도록 하기 위해서였습니다.

어머니 사랑을 듬뿍 받고 자란 맹종은 효성이 지극했습니다.

눈이 온 세상을 하얗게 뒤덮은 겨울날이었습니다. 몸이 약해진 맹종의 어머니는 그만 병에 걸리고 말았습니다.

여러 가지 약을 써 보았지만 어머니 병은 깊어만 갔습니다. 맹종은 어머니 곁을 잠시도 떠나지 않고 병간호를 했습니다.

어머니는 자주 의식을 잃기도 했습니다. 가끔 깨어날 때면 무슨 말을 했지만 맹종은 알아들을 수가 없었습니다. 맹종은 어머니의 말을 들으려고 애를 썼습니다.

하루는 의식이 돌아온 어머니 입에 귀를 가까이 대고서야 겨우 알아들을 수 있었습니다.

"애야, 죽순을 먹으면 내 병이 나을 것만 같구나."
　맹종은 대나무의 어린 싹인 죽순을 찾으려고 곧바로 밖으로 달려나갔습니다. 하지만 눈 덮인 벌판에 죽순이 있을 리가 없었습니다. 들판을 헤매다 지친 맹종은 하늘을 우러러보며 울부짖었습니다.

"하느님, 제게 죽순을 주시면 그 은혜 절대 잊지 않겠습니다."

하늘을 올려다보며 오랫동안 눈 위에 앉아 있던 맹종의 눈앞에서 이상한 일이 일어났습니다.

바로 앞 꽁꽁 언 땅을 뚫고 파란 죽순이 돋아났던 것입니다.

죽순이 솟아나는 동안 맹종은 기뻐서 어쩔 줄 몰랐습니다.

죽순을 꺾어 가지고 집으로 돌아온 맹종은 정성껏 요리를 만들어 어머니께 드렸습니다.

어머니는 죽순을 맛있게 먹었습니다. 그러자 깜짝 놀랄 일이 벌어졌습니다. 어머니의 병이 감쪽같이 나았던 것입니다. 하늘을 감동시킨 맹종의 지극한 효성 덕분이었습니다.

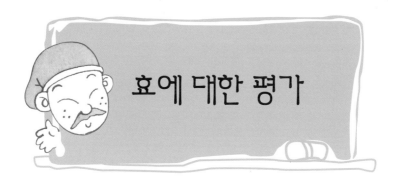

효에 대한 평가

공자가 말했습니다.

"효도는 신분의 높고 낮음에 관계없이 그 정신은 같다. 위로는 천자에서부터 아래로는 일반 백성에 이르기까지 효는 다를 바가 없다. 효도의 시작과 끝을 완수하지 못한 사람에게는 반드시 화가 미치게 되느니라."

한 번 더 생각해 봅시다

　왕이건 일반 백성이건 효도의 시작과 끝이 분명하지 못하고 또 처음부터 끝까지 계속하지 않는 사람은 반드시 화를 당하게 됩니다.

　왕은 나라와 목숨을 빼앗기고, 관리는 벼슬을 잃고 백성으로부터 비난을 받아 조상의 이름까지 더럽히게 될 것입니다.

　서민은 서민대로 효도에 거스르는 행동을 한다면 더 큰 근심과 재난을 당하게 됩니다.

원문과 낱말풀이

^{자 왈　고 자 천 자 이 하　지 우 서 인}
子曰, 故自天子以下, 至于庶人.

^{효 망 종 시　이 환 불 급 자}
孝亡終始, 而患不及者,

^{미 지 유 야}
未之有也.

효망종시(孝亡終始) : 효의 시작과 끝, 즉 효에 최선을 다하는 것을 뜻한다.
이환불급자미지유야(而患不及者未之有也) : 화가 미치지 않는 사람이 없다.

고려장과 아들

사람이 나이를 먹어 늙으면 산에 버리는 고려장이라는 풍습이 있을 때였습니다.

하루는 한 사내가 늙은 어머니를 지게에 지고 산으로 향했습니다. 그의 어린 아들은 왜 지게에 할머니를 지고 가는지 몹시 궁금했습니다. 그래서 아버지 뒤를 따라갔습니다.

깊은 산중에 다다르자 사내는 어머니를 땅에 내려놓고 말했습니다.

"어머니, 용서해 주십시오. 나라의 법을 어길 수 없어 저도 이러는 것입니다."

자식의 심정을 알고 있는지라 어머니는 아무렇지도 않다고 말했습니다.

"얘야, 내 걱정일랑 하지 말아라. 네 마음을 다 안다. 날 저물기 전에 어서 내려가거라. 깊은 산 속에서 행여나 길을 잃어 버릴까봐 내가 오면서 나뭇가지를 꺾어 놓았다. 그것을 보면 쉽게 내려갈 수 있을 것이다."

어머니의 말에 사내는 가슴이 찡했습니다. 그러나 그는 마음을 다잡고 산을 내려갔습니다.

한참 내려가다가 무슨 소리가 들려 뒤를 돌아보았습니다. 순간 그는 가슴이 덜컥 내려앉는 것 같았습니다. 어린 아들이 지게를 끄는 소리였습니다.

"사람을 버린 지게는 집 안으로 가져가는 게 아니란다. 어서 버리거라."

그러나 어린 아들은 아버지의 말을 듣지 않고 막무가내로 지게를 끌었습니다.

"버리라는데 왜 자꾸 말을 듣지 않는 거냐?"

"아버지 늙으면 그 때 또 지게가 필요할 것 아닙니까? 이 지게를 두었다가 나중에 써야지요."

사내는 가슴이 뜨끔하였습니다.

'나도 늙으면 내 아들이 져다 버리겠구나.'

사내는 소름이 쫙 끼쳤습니다.

그는 아들에게서 지게를 빼앗아 다시 어머니 있는 곳으로 올라갔습니다. 어머니 앞에 이르러 무릎을 꿇고 울면서 말했습니다.

"어머니, 제가 잘못했습니다. 용서해 주십시오. 제가 길을 잃지 않도록 나뭇가지를 꺾어 두셨는데, 어머

니 마음도 모르고 이 못난 자식은 어머니를 버리려고
했습니다. 나라 법을 핑계로 어머니를 버리려고 했던
것입니다."

어린 아들 덕분에 크게 깨달은 사내는 어머니를 다
시 모시고 와 정성껏 봉양했습니다.

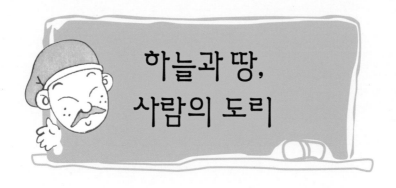

하늘과 땅,
사람의 도리

증자가 스승 공자에게 여쭈었습니다.

"정말로 효란 위대한 것이군요!"

공자가 말했습니다.

"효란 하늘과 땅의 도리이며 백성의 행실이니라. 하늘은 계절에 따라 땅에 비를 내리고 만물을 소생시킨다. 또한 땅은 하늘의 은혜를 받아 만물을 바르게 기른다. 그러므로 하늘과 땅 사이에서 태어난 사람은 마땅히 하늘과 땅의 도리를 본받아야 한다.

하늘과 땅의 도리를 사람들이 본받아 행동으로 옮기는 것이 바로 효도이니라. 부모를 사랑하고 어른을 공경하는 효는 자연의 이치다.

효의 가르침은 자연의 이치라서 저절로 이루어지고,

세상은 특별한 정치가 없어도 저절로 다스려진다.

옛날 덕이 높은 왕들은 효를 가르침으로써 백성들을 이끌었다. 왕 스스로 부모를 사랑하는 마음으로 백성들을 널리 사랑하여 백성들 또한 자신의 부모를 사랑하였다. 백성에게 도덕과 의리를 실천함으로써 백성들도 그에 감동하여 저절로 덕을 행하였다. 공경과 겸양으로써 백성들을 이끌었으므로 백성들도 서로 다투지 않았다. 예와 음악으로 백성을 이끌었으므로 백성들은 감동하여 저절로 화목하게 지냈다. 착한 일을 권하고 악한 일을 벌하여 모범을 보였으므로 백성들은 나쁜 행위를 하지 않게 되었다.

〈시경〉에는 '빛나고 빛나도다, 그 재상이여! 모든 백성이 그대를 우러러보는도다.'라고 하였다."

한 번 더 생각해 봅시다

효란 하늘의 도리입니다. 천체의 운행으로 날이 바뀌고 해가 바뀜에 따라 하늘은 만물이 자라는 비를 땅에 내려주고, 햇볕을 고루 주어 만물을 살찌우고 익게 합니다.

또한 효는 땅의 도리입니다. 땅은 하늘이 내려주는 혜택을 모두 받아서 생물을 바르게 기릅니다. 효란 바로 이 하늘과 땅의 임무와도 같은 것으로서 사람의 당연한 행위입니다.

원문과 낱말풀이

증자왈 심재 효지대야 자왈 부효천지경야
曾子曰, 甚哉, 孝之大也. 子曰, 夫孝天之經也.

지지의야 민지행야 천지지경 이민시칙지
地之誼也. 民之行也. 天地之經, 而民是則之.

칙천지명 인지지리 이순천하
則天之明, 因地之利, 以順天下.

시이기교불숙이성 기정불엄이치
是以其敎弗肅而成, 其政不嚴而治.

선왕견교지가이화민야
先王見敎之可以化民也.

시고 선지이박애 이민 막유기친
是故, 先之以博愛, 而民, 莫遺其親.

진 지이덕의 민흥행
陳之以德誼, 民興行.

선지이경양 이민불쟁
先之以敬讓, 而民弗爭.

도지이예악 이민화목
導之以禮樂, 而民和睦.

시지이호악 이민지금
示之以好惡, 而民知禁.

시운 혁혁사윤 민구이첨
詩云, 赫赫師尹, 民具爾瞻.

천지경(天之經) : 경은 날실을 뜻한다. 예로부터 법칙, 도리, 사리와 같은 뜻으로 쓰였다.

예악(禮樂) : 고대 중국에서 천하를 다스리는 근본 원리이다. 성인에 의해 만들어지고 제도화되었다.

사윤(師尹) : 요즘 말로 재상과 같은 말이다.

아들을 묻으려다 얻은 돌종

손순은 집이 가난하여 아내와 함께 부지런히 품을 팔았습니다. 홀어머니를 극진히 봉양하고 싶었기 때문이었습니다.

그런데 어린 아들이 말썽을 부렸습니다. 어머니 앞에 음식을 차려 드리면 할머니 무릎에 앉아 있다가 가로채 먹어 버렸습니다.

하루는 참다 못한 손순이 아내에게 말했습니다.

"아들은 다시 얻을 수 있지만 어머니는 한 분밖에 없다오."

효성이 지극한 부부는 아이를 땅에 묻기로 했습니다.

한밤중이 되자 손순 부부는 잠든 아이를 업고 산으로 들어갔습니다.

아이를 묻으려고 땅을 팠는데 땅 속에서는 돌로 만든 종 하나가 나왔습니다.

아내가 종을 보고 말했습니다.

"이런 곳에서 돌종이 나오다니, 우리 아이를 묻지 말라는 하늘의 뜻인가 봅니다."

아내는 다시 아이를 업고 손순은 돌종을 들고 집으로 향했습니다. 그들은 집에 돌아와서 종을 기둥에 매달았습니다. 종을 치니 그 소리가 어찌나 맑고 크게 울리던지 궁궐까지 들리게 되었습니다.

아름다운 종소리를 듣게 된 흥덕왕이 명령을 내렸습

니다.

"이렇게 아름다운 종소리는 처음 들어 본다. 어디에서 울리는 것인지 알아보고 오너라."

명령을 받은 신하는 종소리 나는 곳을 찾아 떠났습니다. 그리고 손순을 만나 그 종을 얻게 된 사연을 소상하게 들었습니다.

신하는 대궐로 돌아와 손순의 이야기를 하였습니다.

"옛날 곽거라는 사람이 자식을 묻으려다 땅 속에서 금솥을 얻었다고 합니다. 하늘이 손순의 효성을 헤아려 돌종을 주신 듯하옵니다."

흥덕왕은 지극한 효성에 감동하여 손순에게 논밭을 내리고 곡식 50석을 주었습니다.

돌종을 얻어 임금의 은혜를 입은 손순은 하늘의 뜻이라고 여기고 더욱 어머니에게 효도를 했습니다.

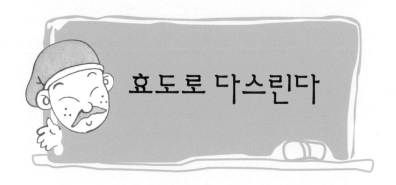

효도로 다스린다

공자가 말했습니다.

"옛날의 훌륭한 임금은 천하를 효로써 다스렸다. 그때 힘없는 작은 나라의 신하라도 버리지 않았다. 그러므로 모든 나라의 본보기가 되었고 천하가 선왕을 섬겼다.

나라를 다스리는 사람은 감히 홀아비와 과부도 업신여기지 않았다. 하물며 선비와 백성은 말할 필요도 없다. 그러므로 백성들은 임금을 존경하고 따랐다.

가정을 다스리는 사람은 감히 집안의 노비나 여종에게 실수를 저지르지 않았다. 하물며 자신의 아내와 자식은 말할 필요도 없다.

그러므로 사람들의 존경을 얻어 자신의 부모를 섬

졌다.

이로써 부모는 편안하게 살아간다. 돌아가셨어도 제
사를 지내면 영혼은 음식을 먹는다. 그러므로 천하가
평화롭고 재해가 일어나지 않았다. 훌륭한 왕이 효로
써 천하를 다스리면 모두 이와 같이 되는 것이다.

〈시경〉에는 '큰 덕행이 있으니 사방의 나라가 따른
다.'고 하였다."

한 번 더 생각해 봅시다

효자는 자기 부모뿐만 아니라 다른 사람까지도 공경하는 인격을 갖추고 있습
니다. 이것을 대의라고 합니다.

그런데 대의를 저버리고 소의에 눈이 어두워 자기 부모는 하늘같이 받들고 남의
부모는 소홀히 하고, 자기 형제는 경애하면서 남의 형제는 업신여기고, 자기 친족만
중하게 여긴다면 그건 진정한 효가 아닙니다.

임금은 군자의 도량을 지녀야만 그 자리를 지킬 수 있고, 후세까지 그 이름을 떨
칠 수가 있습니다. 또한 자기 조상을 더럽히지 않게 되는 것입니다. 다른 사람을 공
경하고 사랑하는 정신, 한쪽으로 치우치지 않는 넓은 사랑, 공명 정대하고 공평 무사
한 통치자라야 천하를 온전히 다스리고 보전하여 태평 성대를 이룰 수 있습니다.

원문과 낱말풀이

자왈 석자 명왕지이효치천하야
子曰, 昔者, 明王之以孝治天下也.

불감유소국지신 이황어공후백자남호
弗敢遺小國之臣, 而況於公侯伯子男乎.

고득만국지환심 이사기선왕
故得萬國之歡心, 以事其先王.

치국자 불감모어환과 이황어사민호
治國者, 弗敢侮於鰥寡. 而況於士民乎.

고득백성지환심 이사기선군
故得百姓之歡心, 以事其先君.

치가자불감실어신첩지심
治家者弗敢失於臣妾之心.

이황어처자호
而況於妻子乎

고득인지환심 이사기친
故得人之歡心, 以事其親.

부연 고생즉친안지 제즉귀향지
夫然. 故生則親安之, 祭則鬼享之.

시이천하화평 재해불생 화란부작
是以天下和平, 災害不生, 禍亂不作.

고명왕지이효치천하야여차
故明王之以孝治天下也如此.

시운 유각덕행 사국순지
詩云, 有覺德行, 四國順之.

명왕지이효치천하야(明王之以孝治天下也): 명군이 효로써 천하를 다스린다.
환과(鰥寡): '가난하고 의지할 곳 없는 홀아비와 과부'를 뜻한다.
불감실어신첩지심(弗敢失於臣妾之心): 자기 부하나 노비라 할지라도 감히 실수를 저지르지 말아야 한다.
귀향지(鬼享之): '죽은 사람의 영혼'을 말한다.
각(覺): '현인'이라는 뜻이다.

황고집

　성품이 곧은 황순승을 사람들은 모두 황고집이라 불렀습니다. 당사자인 황순승은 황고집이라는 말을 들어도 화내는 일이 없었습니다.

　그의 집 앞에 다리를 놓을 일이 있었습니다. 마을 사람들은 오래 된 무덤에서 흙을 파다가 다리 위에 깔았습니다.

　황순승은 다른 사람 무덤의 흙을 함부로 밟을 수 없다고 생각했습니다. 냇가를 건너갈 일이 생길 때면 언제나 다리를 피해 물을 건너 다녔습니다.

　하루는 밤 늦게 집에 돌아오게 되었습니다. 다리 위에는 그의 주머니를 노리는 강도들이 숨어 있었습니다.

　그 때도 황순승은 어김없이 물을 건넜습니다. 다리 위에서 기다리고 있던 도둑들은 기가 막혀 모두 혀를 내둘렀습니다.

　"정말 대단한 고집통이구나. 캄캄한 밤중에까지 물을 건널 줄은 몰랐다."

이번에는 황순승이 서울로 볼일을 보러 갔을 때였습니다. 서울에 사는 친구가 갑자기 세상을 떠났다는 말을 들었습니다. 황순승과 함께 올라온 사람이 제안을 했습니다.

"우리 올라온 김에 문상을 다녀옵시다."

고집불통 황순승은 한마디로 거절했습니다.

"내가 서울에 올라온 것은 내 볼일 때문이오. 어찌 볼일을 겸해서 친구 문상을 할 수 있겠소?"

황순승은 기어이 고향으로 내려갔습니다. 그리고 문상 준비를 하고 다시 올라왔습니다.

황순승이 아들을 장가들여 며느리를 보게 되었을 때였습니다. 시집 온 며느리는 이튿날 아침부터 시부모에게 인사를 올리게 되어 있었습니다.

황순승은 아침 일찍 일어나 옷을 갖춰 입고 며느리를 기다렸습니다.

한참을 기다렸으나 며느리가 올 기색이 없었습니다. 하는 수 없이 하인을 불러 물었습니다.

"며느리가 아직 일어나지 않았더냐?"

하인이 고개를 숙이며 대답했습니다.

"아니옵니다. 이미 일어나서 세수를 마쳤습니다."

"그렇다면 왜 아직까지 문안 인사를 오지 않는고?"

"아씨께서는 먼저 사당에 들렀다가 다음으로 영감마님을 찾아 뵙겠답니다."

"옳거니, 며느리 말이 맞구나. 조상님께 인사드리는 것이 먼저이거늘, 나는 미처 그 생각을 못했구나. 오늘부터 나도 그렇게 하리라."

황순승은 곧바로 사당에 나가 절을 하고 나서 며느리의 인사를 받았습니다.

"오오, 정말 대견스럽구나. 오히려 내게 예절을 가르쳐 주니 이렇게 고마울 수가 없다. 참으로 기쁘구나."

그리하여 황순승은 며느리를 끔찍이 예뻐하게 되었습니다.

황순승이 집안을 다스리는 법도가 있어 그 자손들은 모두 훌륭하게 되었습니다. 집안 또한 가풍이 엄격하여 항상 평화로웠습니다.

부모의 은혜보다 더 큰 것은 없다

공자가 말했습니다.

"부모는 늘 자식을 사랑한다. 자식 또한 부모 공경하기를 잊지 않는다. 서로 사랑하는 부모 자식간의 도리는 사람이 태어날 때부터 갖추고 있는 성질이다.

그것은 임금과 신하 사이에도 그대로 통한다. 임금은 신하를 사랑하고 신하는 임금을 의리로써 섬기고 책임을 다한다.

부모는 자식을 낳아 기른다. 엄하게, 한편으로는 사랑으로 죽을 때까지 자식을 보살핀다. 그러므로 세상에는 부모의 은혜보다 더 큰 것은 없고, 사랑이나 의리의 두터움도 이보다 소중한 것이 없느니라."

한 번 더 생각해 봅시다

부모와 자식 사이에는 임금을 대할 때와 같은 존엄성이 있으며 또한 친근한 사랑이 흐릅니다. 즉, 임금의 존엄과 부모의 사랑이 한데 어우러진 것이 바로 아버지의 은혜입니다.

그 은혜로 사람은 편히 생활할 수 있습니다. 그러므로 자식이 항상 우러러 받드는 부모의 은혜는 자연의 이치이자 진리입니다.

원문과 낱말풀이

<small>자 왈　부 자 지 도 천 성 야</small>
子曰, 父子之道天性也.

<small>군 신 지 의 야</small>
君臣之誼也.

<small>부 모 생 지　적 막 대 언</small>
父母生之. 績莫大焉.

<small>군 친 림 지　후 막 중 언</small>
君親臨之. 厚莫重焉.

부자지도(父子之道) : 부모와 자식간의 도리. 어버이는 자식을 사랑하고, 자식은 어버이를 공경하는 것이다.
부모생지적막대언(父母生之績莫大焉) : 부모가 나를 낳았으니, 이보다 더 큰 은혜는 없다.

노래자

'오늘은 어떻게 즐겁게 해드릴까?'

아침에 눈을 뜨자마자 노래자는 생각했습니다.

'이 깊은 산골에서 나는 책을 읽어서 좋지만 늙으신 어머님, 아버님은 얼마나 쓸쓸하실까.'

집이 서너 채밖에 없는 조그마한 산골 마을은 너무나 조용했습니다. 백 살이 다 된 노래자의 부모에게 산골 마을은 쓸쓸하고 처량한 곳이었습니다.

노래자는 항상 늙은 부모의 마음을 기쁘게 해 주려고 애썼습니다. 처음에는 재미나는 이야기로 즐겁게 해 드렸습니다. 하지만 얘깃거리는 금방 동이 나고 말았습니다. 게다가 일부러 생각을 쥐어짜서 얘기를 해 드리면 즐거워하는 눈치가 아니었습니다.

아침을 먹고 나서 노래자는 어떻게 부모님의 마음을 즐겁게 해 드릴 수 있을까 궁리를 계속 했습니다.

정오 무렵, 갑자기 부모님의 웃음소리가 크게 들렸습니다. 노래자는 무슨 일인가 하고 밖으로 나갔습니다. 어릿광대들이 북과 나팔 소리에 맞춰 덩실덩실 춤을 추고 있었습니다.

　광대 연기를 구경하고 있는 부모님의 모습이 눈에
띄었습니다. 부모님은 얼굴에 함박웃음을 머금고 있었
습니다.

　'그래, 바로 이거야.'

　너무 기쁜 나머지 노래자는 춤이라도 추고 싶은 심
정이었습니다.

이튿날 아침이 밝았습니다. 노래자는 울긋불긋한 광대옷을 차려 입었습니다. 손에 나팔과 북을 들고는 곧바로 부모님 방으로 들어갔습니다.

노래자의 부모는 이른 아침에 어릿광대 하나가 들이닥치자 깜짝 놀랐습니다. 곧 광대가 아들이라는 사실을 알아채고는 배를 잡고 웃음을 터뜨렸습니다.

노래자는 자지러지는 부모님의 웃음소리를 못 들은 체했습니다. 태연히 나팔을 불고 북을 두들겼습니다. 그리고 장단에 맞춰 몸을 흔들기 시작했습니다. 우스꽝스러운 노래자의 몸짓에 부모는 마냥 즐거워했습니다.

노래자는 매일 우스꽝스러운 광대로 변장해서 부모님의 마음을 즐겁게 해 드렸습니다.

또 선반 위에 놓여 있는 물그릇을 내리다가 일부러 물그릇을 엎지르기도 하고, 부모 앞에서 어린아이 울음소리를 내어 재롱을 피웠습니다.

노래자는 오직 부모님을 기쁘게 해 드리기 위해 자신이 늙은 것도 잊고 지냈습니다.

부모는 기쁜 마음이 넘쳐 흘러, 머리는 백발이었지만 얼굴빛은 항상 건강했습니다.

좋은 효와 나쁜 효

공자가 말했습니다.

"자기 부모를 사랑하지 않으면서 다른 사람을 사랑하는 것은 덕에 어긋난다. 자기 부모를 공경하지 않으면서 다른 사람을 공경하는 것은 예에 어긋난다.

덕과 예에 어긋나는 행동은 자연의 이치를 거스르는 행위이다. 도리에 어긋나는 일을 가르친다면 선악이 불분명해지고 사람들은 행동의 기준을 잃게 된다.

그렇게 되면 백성들 모두 자기의 부모를 공경할 수 없게 되고, 모두 다른 사람만을 공경하는 악덕을 행하게 된다. 이와 같이 도리에 어긋난 방법으로 뜻을 이루어 지위를 얻었다고 하더라도, 군자는 도리에 어긋난 방법을 따르지 않는다.

군자는 말을 할 때에 말을 해도 좋은지를 먼저 생각해 보고 말한다. 행동을 할 때에도 마음이 즐거운지를 생각하고 행동한다. 그러므로 군자의 행동은 사람들의 모범이 되기에 충분하다. 도리에 따라 행동하는 군자를 사람들은 우러러본다. 그리하여 사람들은 군자를 사랑하고 군자의 덕을 본받는다.

군자의 사람 대하기는 이와 같다. 그리하여 사람들은 삼가면서 군자를 사랑하게 되고, 군자의 덕을 본받는 것이다. 따라서 군자는 도덕에 의한 교육을 실천하여 그 정치적 명령을 훌륭하게 행할 수 있다.

〈시경〉에는 '훌륭한 군자는 몸가짐이 도리에 어긋나는 일이 없어 사람들의 본보기가 된다.'라고 하였다."

한 번 더 생각해 봅시다

효도에는 참다운 효, 올바른 효와 어긋난 효, 잘못된 효가 있습니다.

평생토록 자기 부모를 사랑하고 또 남의 부모까지도 사랑하고 공경하며 사는 것은 참다운 효이고 올바른 효입니다.

그러나 내 부모를 사랑하지도 않고 공경하지도 않으면서 남을 사랑하고 공경하는 것은 어긋난 효이고 잘못된 효입니다.

이상적인 사회는 '너'와 '내'가 둘이 아니라 하나라는 '우리'라는 말이 통하는 사회입니다. 그런 사회를 실현하기 위해서는 먼저 자기 부모를 사랑한 다음에 다른 사람의 부모를 사랑하며, 자기 부모를 먼저 공경한 다음에 다른 사람의 부모를 공경하며, 먼저 가까운 사람을 사랑하고 공경한 다음에 차츰 그 범위를 넓혀가야 합니다.

원문과 낱말풀이

자왈　　불애기친　　이애타인자　　위지패덕
子曰, 不愛其親, 而愛他人者. 謂之悖德.

불경기친　　이경타인자
不敬其親, 而敬他人者.

위지패례　　이훈즉혼　　민망즉언
謂之悖禮. 以訓則昏, 民亡則焉.

불택어선　　이개재어흉덕
不宅於善, 而皆在於凶德.

수득지　　군자불종야
雖得志, 君子弗從也.

군자즉불연
君子則不然.

언사가도　　행사가락
言思可道, 行思可樂.

덕의가존　　작사가법
德誼可尊, 作事可法.

용지가관　　진퇴가도
容止可觀, 進退可度.

이림기민
以臨其民.

시이기민외이애지　　즉이상지
是以其民畏而愛之, 則而象之.

고능성기덕교　　이행기정령
故能成其德敎, 而行其政令.

시운　　숙인군자　　기의불특
詩云, 淑人君子, 其儀不忒.

패덕(悖德) : 도리에 어긋나는 것이다.
패예(悖禮) : 예에 어긋나는 것이다.
기의불특(其儀不忒) : 도리에 어긋나지 않는 몸가짐을 뜻한다.

오디에 담긴 효성

전한 말기, 중국에서는 큰 난리가 일어났습니다. 왕망이라는 사람이 반란을 일으켜 온 나라가 엉망이 되었습니다.

어수선한 틈을 타 도적들마저 들끓었습니다. 도적들은 제 세상을 만난 듯 백성들의 재산과 식량을 마음대로 빼앗아 갔습니다. 게다가 흉년까지 겹치자 더욱 난폭해져서 함부로 사람들을 해치기까지 했습니다. 힘없는 백성들은 흉년과 도적들에게 시달려 살아가기가 아주 어려웠습니다.

난리는 안성 땅에 사는 채순이라는 사람에게도 들이닥쳤습니다. 채순은 어머니와 단 둘이 살고 있었습니다. 식량이 떨어져 풀뿌리와 나무껍질로 간신히 끼니를 이어가고 있었습니다. 그런데 제대로 먹지 못한 어머니가 그만 병에 걸리고 말았습니다. 채순은 어머니 병이 자기 탓이라고 여겼습니다.

'내가 어머님을 소홀히 모신 탓이다. 싱싱한 과일을 드시면 나을 텐데.'

　하루는 어머니에게 싱싱한 야생 과일을 대접해 드릴
요량으로 산에 올랐습니다.
　산 속 깊은 곳을 돌아다니다 우연히 뽕나무 밭을 발
견했습니다. 채순은 재빨리 뽕나무 열매인 오디를 따
서 바구니에 담았습니다. 덜 익은 빨간 열매와 잘 익
은 검은 열매를 나누어 두 바구니에 따로따로 담았습
니다. 검은 오디는 귀해서 어머니에게 드리고 자신은
빨간 오디를 먹을 셈이었습니다.

어머니에게 맛있는 오디를 대접할 수 있다는 생각에 절로 신이 났습니다.

땅거미가 깔려 어둑해질 무렵에야 채순은 발길을 돌렸습니다. 한참 길을 내려가던 채순은 화들짝 놀랐습니다. 도적 떼가 길을 가로막고 서 있었던 것입니다.

"들고 있는 양식을 내놓으면 목숨만은 살려주겠다."

"당신들에게 줄 것이 있다면 늙으신 어머니를 모실 걱정이 없겠소. 풀뿌리로 끼니를 이어 온 지가 여러 날이 되었으니 그냥 지나가게 해 주시오."

채순이 침착하게 대답하자 도적의 두목은 누그러진 목소리로 말했습니다.

"그럼, 손에 들고 있는 것은 무엇이냐?"

"뽕나무 열매요."

채순은 오디가 담긴 두 개의 바구니를 내밀어 보였습니다. 바구니를 본 도적의 두목은 이상하다는 듯이 다시 물었습니다.

"왜 색깔에 따라 나누어 담았지?"

"검은 것은 잘 익은 것이니 어머니께 드릴 것이고, 붉은 것은 덜 익은 것이니 내가 먹으려고 나누어 담았소."

채순이 말을 마치자 도적 두목은 말없이 고개를 끄덕였습니다. 그리고 부하들을 돌아보며 명령을 내렸습니다.

"이 사람은 보통 효자가 아닌 모양이다. 말에 실린 양식을 나누어 주어라."

양식을 건네주고 도적들은 모두 물러갔습니다.

도둑질을 일삼는 도적들도 부모가 있는 사람이라 하늘에서 받은 올바른 성품을 어찌 할 수 없었던 모양입니다. 효성이 지극한 채순의 말에 감동을 받아 존경의 표현으로 양식을 주고 순순히 물러갔으니 말입니다.

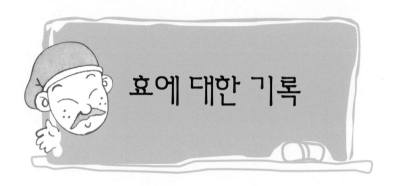

효에 대한 기록

공자가 말했습니다.

"효자는 부모를 어떻게 섬겨야 하는가? 평상시에는 마음을 다하여 부모를 공경해야 한다. 부모를 봉양할 때에는 마음을 다하여 즐겁게 해 드려야 한다. 부모가 병들었을 때에는 마음을 다하여 걱정해야 한다. 부모가 돌아가셨을 때는 마음을 다하여 슬퍼해야 한다. 부모의 제사를 지낼 때는 마음을 다하여 엄숙하게 해야 한다.

이 다섯 가지를 잘 지키면 자식으로서 부모를 잘 섬겼다고 할 수 있다.

부모를 잘 섬기는 사람은 사람들 위에 있어도 교만하게 굴지 않는다. 사람들 밑에 있어도 결코 반항하지 않으며 사람들 사이에 있어도 다투는 일이 없다. 사람들 위에 있어 자만하면 지위를 잃고, 사람의 밑에 있으면서 반항하면 벌을 받으며 사람들 사이에서 다투면 칼부림이 일어나게 된다.

이 세 가지 행위가 없어지지 않으면 설사 매일 소와 양과 돼지고기로써 부모를 대접한다 해도 불효의 죄를 피할 수 없다."

한 번 더 생각해 봅시다

만일 높은 벼슬에 있다고 우쭐거리는 사람이 있다면 그는 벼슬자리에서 쫓겨나 몸까지 망치게 됩니다. 또 윗사람을 모시는 사람이 질서를 어지럽히면 벌을 받게 되고 동료끼리 싸우면 몸을 다치게 됩니다.

벼슬에서 쫓겨나 몸을 망치고 벌을 받게 되고 몸에 상처를 입을 뿐만 아니라 부모님에게까지 화가 미치어 불효를 면치 못하게 됩니다.

그렇게 되면 날마다 맛있는 음식으로 부모님을 모신다 해도 그것을 효도라고 말할 수 없는 것입니다.

효자는 항상 남에게 겸손하며 공경심을 나타내어 부모를 욕되게 하지 않습니다.

원문과 낱말풀이

자 왈　　효 자 지 사 친 야　　거 즉 치 기 경
子曰, 孝子之事親也, 居則致其敬.

양 즉 치 기 락　　질 즉 치 기 우
養則致其樂, 疾則致其憂.

상 즉 치 기 애　　제 즉 치 기 엄
喪則致其哀, 祭則致其嚴.

오 자 비 의　　연 후 능 사 기 친
五者備矣. 然後能事其親.

사 친 자　　거 상 불 교
事親者, 居上不驕,

위 하 이 불 란　　재 추 부 쟁
爲下而不亂, 在醜不爭.

거 상 이 교 즉 망　　위 하 이 란 즉 형
居上而驕則亡, 爲下而亂則刑.

재 추 이 쟁 즉 병　　차 삼 자 부 제
在醜而爭則兵, 此三者不除,

수 일 용 삼 생 지 양　　요 위 불 효 야
雖日用三牲之養, 繇爲弗孝也

거즉치기경(居則致其敬) : 옛날 군자가 평상시 부모에게 공경하는 모습을 나타낸 말
이다.

오자(五者) : 부모가 살아 계실 때 지켜야 할 공경, 즐거움, 근심 세 가지 도와 부모
가 돌아가셨을 때 지켜야 할 슬픔, 엄숙함 두 가지 도를 가리킨다.

삼생지양(三牲之養) : 삼생은 소와 양, 그리고 돼지고기 등 맛있는 반찬을 나타내는
말이다.

아버지의 변을 맛본 유검루

남조의 제나라에 효자로 이름난 유검루라는 사람이 살고 있었습니다.

유검루는 벼슬길에 올라 잔릉현이라는 곳에 장관으로 가게 되었습니다.

잔릉현에 도착하여 열흘도 채 지나지 않았을 때였습니다.

유검루는 갑자기 가슴이 두근거리고 온몸에서 땀이 흘렀습니다.

'집에 무슨 일이 있는 듯싶다. 아무래도 아버님에게 무슨 일이 생긴 모양이다.'

불길한 예감이 들자 유검루는 걱정에 휩싸였습니다. 가슴이 떨려오고 땀이 비 오듯 쏟아졌습니다.

'이렇게 앉아서 걱정만 하고 있을 수가 없다. 하루 속히 집에 가 보리라.'

유검루는 그 날로 집으로 향했습니다.

기별도 없이 유검루가 집에 도착하자 가족들은 모두 깜짝 놀랐습니다.

　바로 그 때가 아버지가 병에 걸린 지 이틀이 지난
날이었던 것입니다.
　유검루는 의원에게 아버지 병세를 물었습니다. 의원
은 안절부절 못하는 유검루에게 말했습니다.
　"병이 나아지는지, 더 심해지는지 알아보려면 환자

의 변을 맛보면 알 수 있습니다. 그 맛이 쓰면 병이 나아지고 있는 중이고, 달면 병이 깊어지고 있는 것입니다."

아버지가 변을 보기를 기다렸다가 유검루는 맛을 보았습니다. 쓰기를 바랐지만 맛은 달았습니다.

유검루는 더욱더 걱정이 되었습니다. 매일같이 밤이 되면 북극성을 향해 이마를 땅에 대고 기도를 했습니다.

"하느님, 아버님 병을 낫게 해 주십시오. 아버님을 모시는 제 마음이 부족하다면 아버지 병을 대신하게 해 주십시오."

하지만 수명을 다한 아버지는 눈을 감고 말았습니다. 유검루는 아버지 무덤 곁에 초막을 짓고 삼년상을 치렀습니다.

다섯 가지 형벌

공자가 말했습니다.

"예부터 다섯 가지의 형벌에 속하는 죄의 종류는 삼천 가지나 되었다. 하지만 그 중에서 불효보다 더 큰 죄는 없다.

임금에게 강요하여 자신의 뜻을 따르게 하는 것은 윗사람을 업신여기는 것이다. 성인을 비난하는 것은 법을 업신여기는 것이다. 효도를 비난하는 것은 어버이를 업신여기는 것이다.

이 세 가지는 큰 혼란을 일으키는 원인이 되느니라."

한 번 더 생각해 봅시다

온 세상 사람들은 부모로부터 생겨났습니다. 부모는 올바른 법도로 가정을 이끌어 가족들이 편안하게 살게 합니다.

임금도 법에 따라 나라를 잘 다스려 국민들이 편안한 삶을 누리게 합니다. 나라를 다스리는 법을 지키면 사람의 도는 없어지지 않고 사회 질서도 유지되어 나라가 어지럽지 않게 됩니다.

도리를 지키지 않고 부모에게 효도하지 않는다면 세상은 크게 혼란스러울 것입니다. 대개 효도하는 사람은 반드시 나라에 충성하고 나라의 법을 두려워하게 마련입니다.

반대로 불효하는 사람은 부모를 봉양하지 않기 때문에 윗사람과 아랫사람을 업신여깁니다. 또 법을 어겨 벌을 받게 되니 모두 효도하지 않은 죄입니다.

원문과 낱말풀이

<ruby>子<rt>자</rt></ruby><ruby>曰<rt>왈</rt></ruby>, <ruby>五<rt>오</rt></ruby><ruby>刑<rt>형</rt></ruby><ruby>之<rt>지</rt></ruby><ruby>屬<rt>속</rt></ruby><ruby>三<rt>삼</rt></ruby><ruby>千<rt>천</rt></ruby>.

자왈 오형지속삼천
子曰, 五刑之屬三千.

이고막대어불효
而辠莫大於不孝.

요군자망상 비성인자망법 비효자망친
要君者亡上, 非聖人者亡法, 非孝者亡親.

차대란지도야
此大亂之道也

오형(五刑) : 몸 여기저기에 먹물을 넣는 묵형, 코를 베는 의형, 발뒤꿈치를 잘라 절름발이를 만드는 비형, 남성의 생식기를 잘라 버리는 궁형, 사형시키는 대벽 등이 있다.

효도하게 된 못된 며느리

한 집에 사이가 아주 안 좋은 며느리와 시어머니가
함께 살고 있었습니다. 그 둘은 서로 마주치기만 하면
헐뜯는 게 일이었습니다. 그래서 집안은 하루도 조용
할 날이 없었습니다.

집에서도 부족해서 시어머니는 온 동네를 돌아다니
며 며느리 흉을 봤습니다.

"말이 나와서 말인데, 우리 집 며느리처럼 게으른
며느리도 없을 거야. 해가 중천에 떠야 밥상을 차린다
니까. 친정에서 얼마나 귀하게 자랐는지는 모르겠지
만, 시댁 식구가 되었으면 지킬 도리는 지켜야지."

집에 들어와서도 별별 트집을 다 잡아 며느리를 못
살게 굴었습니다.

며느리도 시어머니에게 지려고 하지 않았습니다. 자
신을 흉보고 시집살이를 시키는 시어머니를 날마다 원
망했습니다. 그리고 빨리 죽기를 바랐습니다.

'하루 빨리 저 노인네가 죽어야 내가 두 발을 뻗고
잠을 자지.'

시집살이에 견디다 못한 며느리는 날마다 가슴앓이를 했습니다. 하루는 남모르게 의원을 찾아갔습니다.

"의원님, 어떻게 하면 남들이 눈치 채지 못하게 시어머니를 빨리 죽게 만들 수 있습니까. 처방만 내려주신다면 돈을 후하게 드리겠습니다."

시어머니와 며느리 사이를 이미 알고 있는 의원은 잠깐 생각에 잠겼다가 입을 열었습니다.

"백 일 동안 끼니 때마다 밤 세 톨씩을 시어머니에게 드리면 백 일째 되는 날 뜻을 이루게 될 것이오."

며느리는 너무 기뻤습니다. 그 날부터 며느리는 끼니 때마다 빠뜨리지 않고 밤 세 톨씩을 시어머니에게 드렸습니다.

시어머니가 죽게 된다는 생각에 며느리는 기쁜 마음으로 정성을 담아 밤을 드렸습니다. 시어머니도 달라진 며느리의 대접을 받으니 몹시 기뻤습니다. 며느리의 속마음도 모른 채 시어머니는 차츰 며느리를 예뻐하게 되었습니다.

예전과 딴판으로 달라진 시어머니는 동네 사람들에게 며느리 자랑을 늘어놓았습니다.

"세상에 우리 며느리 같은 효부도 없을 거야. 어찌나 시댁 식구를 위하는지 몰라."

동네 사람들도 살이 올라 전보다 훨씬 건강해진 시어머니를 보고 덩달아 며느리를 칭찬했습니다.

세월이 흘러 어느덧 백 일이 가까워졌습니다. 그런데 며느리는 점점 수척해져 갔습니다.

'어머님이 저렇게 마음씨가 좋으신 분인지 몰랐어. 어쩜 좋아. 내일 모레가 백 일째인데 돌아가시면 어쩌

지…….'

며느리는 시어머니가 죽게 될까봐 걱정이 태산 같았
습니다. 하루 종일 속앓이를 하다가 저녁 무렵에 남편
에게 고민을 털어 놓았습니다.

남편은 아내의 말을 듣고 크게 웃으면서 말했습니
다.

"여보, 의원님께서 당신과 어머니 병을 치료해 주셨

소. 걱정 마시오. 우리 어머님은 오래오래 사실 것이
오. 밤은 원래 사람의 기운을 북돋아 주는 것이라오."

걱정이 사라지자 며느리는 너무나 기뻤습니다. 그
후로 며느리는 더욱 정성을 쏟아 시어머니를 모셨습니
다. 시어머니도 며느리를 사랑하여 화목하게 오랫동안
살았습니다.

중요한 도

공자가 말했습니다.

"백성들에게 사랑을 가르치는 데 있어서 효도보다
더 좋은 것은 없다. 백성들이 예절을 따르게 하는 데
있어서 우애보다 더 좋은 것은 없다.

사회에 새로운 바람을 일으켜 세상을 좋게 만드는
데에 음악보다 더 좋은 것은 없다. 또한 임금을 편안
하게 하고 백성을 다스리는 데는 예절보다 더 좋은 것
은 없다.

예절이란 공경하는 것일 뿐이다. 그러므로 남의 아
버지를 공경하면 그 아들이 기뻐한다. 남의 형을 공경
하면 그 아우가 기뻐한다. 남의 임금을 공경하면 그
신하가 기뻐하게 된다.

한 사람을 공경하면 천만 사람이 기뻐하게 된다. 적은 수의 사람을 공경하여 많은 사람이 기뻐하게 되는 것을 인간의 중요한 도라고 하는 것이다."

한 번 더 생각해 봅시다

부모에게서 몸과 마음을 물려받은 자식에게는 부모를 사랑하기는 쉽지만 공경하기는 쉬운 일이 아닙니다.

그러므로 공경하는 마음을 길러 자신을 낮추어 남의 아버지를 공경하고 보면 그 자식 된 자가 기뻐하지 않는 사람이 없고, 이 공경하는 마음으로 남의 형을 자기 형처럼 공경하고 보면 그 아우 된 자가 기뻐하지 않는 사람이 없으며, 또 이 공경하는 마음으로 다른 나라 임금을 공경하고 보면 그 나라의 신하 된 자가 기뻐하지 않는 사람이 없을 것입니다.

이 공경하는 마음을 몇몇 사람에게만 베풀어도 수많은 사람들이 기뻐하게 됩니다. 이것이 인간의 중요한 도입니다.

원문과 낱말풀이

<small>자 왈　교 민 친 애　막 선 우 효</small>
子曰, 敎民親愛, 莫善于孝.

<small>교 민 례 순　막 선 우 제</small>
敎民禮順, 莫善于弟.

<small>이 풍 역 속　막 선 어 락</small>
移風易俗, 莫善於樂

<small>안 상 치 민　막 선 어 례</small>
安上治民, 莫善於禮.

<small>예 자 경 이 이 의</small>
禮者敬而已矣.

<small>고 경 기 부 즉 자 열　경 기 형 즉 제 열</small>
故敬其父則子悅, 敬其兄則弟悅.

<small>경 기 군 즉 신 열</small>
敬其君則臣悅.

<small>경 일 인 이 천 만 인 열</small>
敬一人而千萬人悅.

<small>소 경 자 과　이 열 자 중</small>
所敬者寡, 而悅者衆.

<small>차 지 위 요 도 야</small>
此之謂要道也.

이풍역속(移風易俗) : 풍속을 좋은 쪽으로 바꾸어 나가는 것을 뜻한다.
과(寡) : 한 사람. 여기서는 왕을 뜻한다.
중(衆) : 수많은 사람을 말하며 여기서는 백성을 뜻한다.
요도(要道) : 중요한 도로 천하를 다스리는 도를 말한다.

순 임금의 우애

어느 날, 만장이 맹자에게 물었습니다.

"순 임금의 부모는 순 임금에게 곡식 창고의 지붕을 고치게 했습니다. 순 임금이 지붕 위로 올라가자 이복 동생인 상은 사다리를 치우고 곧장 창고에 불을 질렀습니다. 또 우물을 파게 하고는 돌을 가득 채워 묻어 버렸다고 합니다.

그런 후 이복 동생인 상은 형을 묻어 버린 것을 자신의 공으로 여겼습니다. 형의 곡식을 부모에게 드리고, 방패와 창, 거문고와 활을 차지하려고 마음먹었습니다.

그런데 형의 집에 가 보니 뜻밖에도 순 임금이 거문고를 타고 앉아 있었습니다. 당황한 상은 형 생각이 간절하여 왔다고 거짓말을 했습니다. 그런데 순 임금은 동생을 반갑게 맞이했습니다. 순 임금은 동생 상이 자기를 죽이려 했던 사실을 몰랐던 것입니까?"

맹자가 대답했습니다.

"왜 몰랐겠는가. 다만 동생이 기뻐하면 같이 기뻐하

셨던 것이다."

만장이 다시 물었습니다.

"그렇다면 순 임금께서는 거짓으로 기뻐하셨단 말입
니까?"

맹자가 다시 대답했습니다.

"아니다. 옛날 어떤 사람이 살아 있는 물고기를 정
자산에게 보낸 일이 있다. 자산은 연못 관리인에게 물

고기를 넣어 기르게 했다. 그런데 연못 관리인은 그것을 삶아 먹고는 연못에 기르는 척했다. 연못 관리인의 말을 듣고 자산은 기뻐하며 '그 놈이 제자리를 찾아갔구나. 제자리를 찾아갔어.'라고 하였다.

자산의 말을 들은 연못 관리인은 사람들에게 '누가 자산을 지혜롭다고 하였는가? 내가 벌써 삶아 먹어 버렸는데, 제자리를 찾아갔다고 말하니 말이다.'라고 하였다.

군자를 속이려면 도리에 맞는 말을 해야지 도리에 맞지 않는 말로는 속일 수 없는 것이다.

상이 형 순 임금을 사랑하는 도리로써 대했으므로 순 임금은 진정으로 기뻐하신 것이다. 어찌 거짓이 있었겠느냐."

만장이 계속해서 물었습니다.

"상은 순 임금을 죽이려고 하였습니다. 그런데 순 임금께서는 천자가 되신 후에 단지 동생을 내쫓는 것으로 끝냈습니다. 어찌 된 일입니까?"

맹자가 설명했습니다.

"순 임금께서는 동생 상을 유비 땅의 제후로 보냈다. 그를 쫓아낸 것이 아니다. 그런데 어떤 사람들은

그를 내쫓은 것으로 잘못 알고 있다."

만장이 따져 물었습니다.

"순 임금은 큰 죄를 지은 여러 사람을 귀양 보내고 죽이기까지 했습니다.

그런데 상도 역시 죄를 지었는데 유비 땅의 제후로

보냈습니다. 그래서 어질지 못한 임금 밑에서 유비 땅의 백성들은 시달리게 되었습니다. 백성들이 무슨 죄가 있단 말입니까? 어진 사람은 불공평한 일을 저질러도 좋단 말입니까? 남에게는 엄격하게 대하면서 죄를 지은 동생은 오히려 제후로 임명했으니 말입니다."

맹자는 다시 설명해 주었습니다.

"어진 사람은 자기 동생의 허물을 마음 속에 두지 않는다. 원한을 품지 않고 오직 사랑할 뿐이다. 사랑하기 때문에 동생이 귀하게 되기를 바라고, 잘 살기를 바랄 뿐이다.

동생을 제후로 보낸 것은 그가 잘 되기를 바라서이다. 자신은 천자가 되었으면서 동생을 일반 백성으로 둔다면 사랑한다고 말할 수 있겠는가."

만장이 또 물었습니다.

"감히 여쭙겠습니다. 어떤 사람은 그를 내쫓은 것이라고 하는데 그것은 어찌 된 것입니까?"

맹자가 대답했습니다.

"상은 결코 나라를 다스릴 만한 인물이 못 되었기 때문에 순 임금께서는 직접 관리를 시켜 나라를 다스리고 세금을 받도록 하였다. 그래서 쫓아냈다고 말하

는 것이다. 어찌 백성들을 어려움에 처하도록 놓아 둘
수 있었겠는가.

하지만 순 임금은 항상 동생을 만나 보고 싶어하셨
다. 끊임없이 자신을 찾아오도록 빌미를 주었다. '조
공을 가지고 올 날이 되지 않았는데도 나라일을 이유
로 유비의 임금인 동생을 만나 보았다.'고 한 것은 이
것을 두고 한 말이다."

순 임금은 이복 동생 상을 사랑으로 보살펴 끝까지
형제간의 우애를 지켰던 것입니다. 동생도 순 임금을
사랑으로 대하게 되었습니다. 만약 동생이 순 임금 자
신에게 한 것처럼 백성들에게도 나쁜 행동을 했다면
순 임금은 용서하지 않았을 것입니다.

지극한 덕

공자가 말했습니다.

"군자가 효를 가르칠 때에 날마다 집집마다 찾아다
니며 사람들을 만나서 가르치지는 않는다.

효도하라는 가르침은 세상 모든 사람들의 아버지를
공경하라는 뜻이다. 형제들끼리 사랑하라는 가르침은
세상 모든 사람들의 윗사람을 공경하라는 말이다. 신
하의 도리를 가르치는 까닭은 모든 사람들의 임금을
공경하라는 이유에서다.

〈시경〉에는 '즐거운 군자는 백성들의 부모다.'라고
하였다. 지극한 덕을 지닌 사람이 아니면 그 누가 백
성들을 따르도록 할 수 있겠는가?"

한 번 더 생각해 봅시다

백성들의 모범이 되는 군자는 효를 가르치기 위해서 집집마다 돌아다니지는 않습니다. 자기 집에서 몸소 효를 실천하여 사람들이 따르게 합니다.

그래서 부모를 모시는 자식들은 각자 부모에게 효도를 하게 됩니다. 그러므로 간접적으로 효도하는 군자가 남의 부모까지 공경하는 것이 됩니다.

마찬가지로 군자가 아우의 도리를 실천하면 형을 둔 아우들은 각자 형에게 아우의 도리를 다하게 됩니다. 역시 군자는 간접적으로 세상 모든 아우의 형을 공경하는 것이 됩니다.

그리하여 백성들이 부모에게 효도하고 윗사람을 공경하니 나라는 잘 다스려지고, 천하가 태평스러워집니다.

원문과 낱말풀이

_{자 왈   군 자 지 교 이 효 야}
子曰, 君子之敎以孝也.

_{비 가 지 이 일 견 지}
非家至而日見之.

_{교 이 효 소 이 경 천 하 지 위 인 부 자 야}
敎以孝所以敬天下之爲人父者也.

_{교 이 제 소 이 경 천 하 지 위 인 형 자 야}
敎以弟所以敬天下之爲人兄者也.

_{교 이 신 소 이 경 천 하 지 위 인 군 자 야}
敎以臣所以敬天下之爲人君者也.

_{시 운   개 제 군 자   민 지 부 모}
詩云, 愷悌君子, 民之父母.

_{비 지 덕   기 숙 능 훈 민}
非至德, 其孰能訓民,

_{여 차 기 대 자 호}
如此其大者乎.

비가지이일견지(非家至而日見之) : 집집마다 돌아다니며 가르침을 말한 것은 아니다.
인군(人君) : 임금을 뜻한다.
제(悌) : '공경하다'의 뜻이다.

군자의 태도

공자가 위나라에 머물고 있을 때였습니다. 자로도 때마침 위나라에서 벼슬자리에 있었습니다. 자로는 스승 공자를 자주 찾아갔습니다.

그 무렵 위나라 임금 출공은 도리에 어긋나는 일을 많이 저질렀습니다. 출공의 아버지는 잠시 다른 나라에 피신해 있었습니다. 그런데 아버지가 돌아오려고 하자 출공은 아버지의 귀국을 막아 버렸던 것입니다.

하루는 스승을 찾아간 자로가 물었습니다.

"위나라의 임금이 선생님께서 정치를 해 주시기를 기다리고 있다면, 선생님께서는 무슨 일부터 먼저 하시겠습니까?"

공자가 대답했습니다.

"반드시 이름을 바로잡을 것이다."

자로가 다시 물었습니다.

"그 일을 먼저 하시겠습니까? 선생님께서는 나라를 다스리는 일에 어두우십니다. 이름을 바로잡아 무엇하시려구요?"

공자가 다시 대답했습니다.

"경솔하구나, 자로야. 군자는 자기가 모르는 것을 미뤄 두는 법이다. 이름이 바르지 않으면 말이 맞지 않는다. 또 말이 맞지 않으면 일이 제대로 되지 않는다. 일이 제대로 이루어지지 않으면 예절이 사라진다. 그래서 나라의 형벌이 올바르게 적용되지 않는다. 죄를 다스리는 형벌이 바르게 치러지지 않으면 백성들은 손발을 둘 데가 없어지고 만다. 그러므로 군자는 이름을 붙이게 되면 반드시 그것에 관하여 말을 할 수 있게 되고, 말을 하면 반드시 그것을 실천할 수 있게 되는 것이다. 군자는 자기의 말에 구차한 점이 없어야 한다."

공자는 임금부터 올바른 일을 하지 않는 위나라의 이름을 고치겠다고 하였습니다. 자로는 공자의 뜻을 모르고 나라일에 어둡다고 공자를 비난하였습니다. '군자는 자기가 모르는 것에 대하여는 미루어 두는 법이다.' 라는 말은 자로가 알지도 못하면서 도리어 비난한 것을 꾸짖는 말입니다. 자기가 모르는 것은 이러쿵저러쿵 말하지 않는 것이 군자의 태도입니다.

지성이면 감천

공자가 말했습니다.

"옛날 훌륭한 임금은 효성이 지극하였다. 아버지를 섬기는 마음으로 하늘을 섬겼고, 어머니를 섬기는 마음으로 땅을 섬겼다.

젊은이에게 어른을 따르게 하니 질서가 바로잡혀 나라가 잘 다스려졌다.

하늘과 땅을 잘 살펴 공경하니 자연의 재앙이 일어나지 않았다. 그래서 매년 가을마다 풍성한 수확을 거뒀다.

높은 신분의 천자일지라도 공경하는 사람이 있다. 바로 천자의 아버지이다. 또 천자보다 한 발 앞선 사람이 있는데, 비록 천자일지라도 반드시 그 뒤를 따라

야 한다. 그가 바로 형이다.

천자는 조상을 모시는 제사에 정성을 다한다. 어버이를 한시도 잊은 일이 없기 때문이다. 또 스스로 몸을 닦고 행동을 조심한다. 조상의 이름을 더럽히지나 않을까 항상 두려워하기 때문이다.

조상을 모시는 제사에 정성을 다하면 조상의 영혼이 감동하여 재앙이 생기지 않는다.

아버지와 형에 대한 효도와 우애의 지극함에 신들이 감동한다. 빛을 발하여 온 세상 구석구석 미치지 않는 곳이 없다.

〈시경〉에는 '동서남북에 사는 모든 사람들 중에서 덕이 있는 군주를 따르지 않는 자가 없다.'라고 하였느니라."

한 번 더 생각해 봅시다

지성이면 하늘도 감동한다는 말은 지극한 정성을 보이면 천하 사람들이 공감하고 따르게 된다는 뜻과 같습니다.

아버지에게는 하늘의 도가 있고 어머니에게는 땅의 도가 있습니다. 임금은 하늘을 아버지로, 땅을 어머니로 여깁니다. 그러므로 하늘과 땅을 섬기는 도는 부모를 섬기는 도가 됩니다. 즉, 하늘과 사람의 도는 하나라는 말입니다.

고대의 왕들은 사람들이 마음을 바르게 먹으면 사계절의 변화가 순조롭고, 그렇지 못하면 재앙이 닥친다고 여겼습니다. 군주는 나라에 재해가 생기면 자신의 덕이 부족한 탓이라고 여겨 올바른 정치와 교육에 힘썼습니다.

원문과 낱말풀이

자왈 석자 명왕사부효 고사천명
子曰, 昔者. 明王事父孝, 故事天明.

사모효 고사지찰
事母孝, 故事地察.

장유순 고상하치
長幼順, 故上下治.

천지명찰 귀신장의
天地明察, 鬼神章矣.

고 수 천 자 필 유 존 야
故雖天子, 必有尊也.

언 유 부 야 필 유 선 야
言有父也, 必有先也.

언 유 형 야
言有兄也.

종 묘 치 경 불 망 친 야
宗廟致敬, 不忘親也.

수 신 신 행 공 욕 선 야
修身愼行, 恐辱先也.

종 묘 치 경 귀 신 착 의
宗廟致敬, 鬼神著矣.

효 제 지 지 통 어 신 명
孝弟之至, 通於神明.

광 어 사 해 망 소 불 기
光於四海, 亡所不曁.

시 운 자 동 자 서 자 남 자 북
詩云, 自東自西, 自南自北.

망 사 불 복
亡思不服.

석자(昔者) : '옛날에' 라는 뜻이다.

상하(上下) : 신분이나 지위를 나타낸다.

망소불기(亡所不曁) : 이르지 못하는 데가 없다.

목숨을 건 형제의 사랑

조효종이라는 사람에게는 효례라는 동생이 하나 있었습니다.

나라에 큰 난리가 일어나 양식을 구경조차 못할 때였습니다. 나라 안은 온통 양식을 빼앗으려는 도둑들이 들끓었습니다. 지독한 굶주림에 도둑들은 떼로 몰려다니며 사람까지 잡아먹었습니다. 양식을 구하러 간 효례가 그만 사람 잡아먹는 도둑들에게 붙잡히고 말았습니다.

도둑들은 펄펄 끓는 물이 담긴 솥에 효례를 집어넣으려고 했습니다.

때마침 효종이 그 광경을 보고 도둑들 앞에 나가 애원했습니다.

"내 동생은 늙은 어머니를 모셔야 하니, 우리 집에 없어서는 안 될 사람이오. 몸도 저렇게 말랐으니 살찐 나를 대신 삶아 먹도록 하시오."

효종은 눈물을 흘리며 도둑들에게 오랫동안 빌었습니다. 마침내 도둑들은 애절한 효종의 말에 마음이 움

직였습니다.

　"아아! 참으로 효성이 지극하고 우애가 깊은 사람이구나."

　이리하여 도둑들은 효종 형제를 모두 놓아 주었습니다.

시든 자형나무

　전진과 전경, 그리고 전광이라는 삼 형제가 사이 좋게 살았습니다.

　부모가 죽자, 삼 형제는 재산을 똑같이 나누어 갖기로 약속했습니다. 집은 세 채가 있어 아무런 문제가 되지 않았습니다. 논과 밭도 똑같이 나누어 갖기로 했습니다. 집안에 있는 살림살이와 가축들까지 모두 똑같이 나누었습니다.

　그런데 문제가 생겼습니다. 마당에 서 있는 자형이라는 나무 한 그루였습니다. 자형나무는 조상 대대로 내려온 집안의 보물이었습니다. 해마다 풍성하게 꽃과 열매가 맺어 누구나 욕심을 내는 나무였던 것입니다.

　형제에게는 자형나무만은 똑같이 나눌

수 있는 방법이 떠오르지 않았습니다.

　문제가 풀리지 않자 결국 나무를 셋으로 쪼개기로
했습니다. 그런 뒤에 각자 자신들의 재산을 갖고 헤어
지기로 했습니다.

　형제는 밤 늦게까지 자형나무를 똑같이 셋으로 쪼개
놓고 잠자리에 들었습니다.

　다음날 아침, 제일 먼저 일어난 큰형 전진이 밖으로

나갔습니다. 그런데 어제까지만 해도 싱싱하던 자형나무가 형편없이 시들어져 있었습니다.

전진은 부리나케 두 동생에게 달려가 울면서 말했습니다.

"가서 자형나무를 보아라. 우리가 뿌리를 쪼갰더니 하룻밤 사이에 시들어 버리고 말았구나. 나무도 나누어지면 시들거늘 한 뿌리에서 태어난 사람이 서로 갈라진다면 오죽하겠느냐?"

깜짝 놀란 두 동생은 밖으로 뛰어 나가 자형나무를 바라보았습니다.

"아아! 우리도 서로 떨어지면 저 자형나무처럼 시들어 버릴 게 아닌가!"

큰 깨달음을 얻은 삼 형제는 예전처럼 한집에서 사이 좋게 살았습니다.

이름을 널리 떨치다

공자가 말했습니다.

"덕이 있는 선비는 부모에게 정성을 다해 효도를 한다. 부모를 섬기는 마음으로 임금에게도 충성을 바친다.

또 형을 섬길 때에는 동생의 도리를 다한다. 형을 섬기는 마음으로 윗사람을 따르고 섬긴다.

덕이 있는 선비가 집에 있으면 집안이 잘 다스려진다. 집안을 다스리는 능력을 그대로 옮겨 관청을 다스림에도 부족함이 없다.

자연히 사람들은 선비를 우러러본다. 또 그의 이름이 사람들의 머리에서 잊혀지지 않는다. 그러므로 비록 선비가 죽더라도 그의 말과 행동은 역사에 길이 남게 된다."

한 번 더 생각해 봅시다

뿌리 깊은 나무는 반드시 잎이 무성하고, 근원이 깊은 물은 반드시 길고 오래 흐르며, 기름진 밭에서는 어김 없이 풍성한 수확을 거둡니다.

그러한 까닭에 효도하고 우애하는 행동은 마음 속 깊은 곳에서 이루어지고 충성하고 순종하는 도리가 밖으로 드러나는 것입니다.

그러한 마음으로 행동하는 군자는 이름을 드높이려 하지 않습니다. 다만 현실에 충실할 뿐입니다. 사람들은 군자를 효자라고 칭찬하며, 어질다고 칭찬하며, 동료들이 우애 있다고 칭찬하며, 신용 있다고 칭찬합니다.

그러므로 자연히 사람들의 모범이 되고 그 이름은 길이 백성들의 머리에서 떠나지 않게 되어, 비록 군자가 죽더라도 후세에까지 이름이 남게 됩니다.

원문과 낱말풀이

자왈   군자사친효
子曰, 君子事親孝.

고충가이어군   사형제
故忠可移於君. 事兄悌.

고순가이어장   거가리
故順可移於長. 居家理.

고치가이어관
故治可移於官.

시이행성어내   이명립어후세의
是以行成於內, 而名立於後世矣.

군자(君子) : 덕이 있는 선비를 뜻한다.
사형제(事兄悌) : 형을 우애로써 섬긴다.

까마귀가 만든 무덤

어려서 일찍 아버지를 잃은 문양 형제는 몹시 가난
하게 살았습니다. 하지만 어머니만큼은 정성껏 모셨습
니다. 어머니에게 좋은 옷과 맛있는 음식을 드리고 싶
어서 부지런히 일을 했습니다.

어머니는 고생하는 아들 형제가 안쓰럽기도 하고 한
편으로는 대견스럽기도 했습니다. 가난한 살림이었지
만 집안은 늘 웃음꽃이 활짝 피었습니다. 문양 형제는
즐거워하는 어머니와 언제까지나 행복하게 살고 싶었
습니다.

그러나 하늘은 문양 형제의 마음을 헤아려 주지 않
았습니다. 형편이 나아지기도 전에 어머니를 데려가고
말았습니다. 늙고 몸이 약해진 어머니는 병에 걸려서
다시는 일어나지 못했습니다.

가난한 문양 형제는 남들처럼 장례를 치를 여유가
없었습니다. 초라한 대로 정성을 다해 장례를 치르기
로 했습니다.

무덤을 만들 때도 가난해서 다른 사람에게 도움을

청하지도 못했습니다.

둘이서 무덤을 파는 일은 너무나 힘든 일이었습니다. 아침에 시작해서 하루 종일 삽질을 하여 해가 저물 때쯤에 겨우 어머니가 누울 만한 구덩이를 팠습니다.

기진맥진한 형제는 다시 흙을 덮어 묘를 만들기 시작했습니다. 그런데 해가 다 저물지도 않았는데 갑자기 사방이 캄캄해지고 말았습니다. 이상하게 여겨 하늘을 올려다본 형제는 깜짝 놀랐습니다. 하늘을 까맣게 뒤덮은 까마귀 떼가 문양 형제를 향하여 날아오고 있었습니다.

문양 형제는 자신들을 향해 날아오는 수천 마리의 새를 보고 처음에는 무서웠습니다. 하지만 무덤에 다다른 새들이 저마다 입에 문 흙덩어리를 무덤 위에 가져다 놓자 마음이 놓였습니다.

수많은 까마귀들이 물어다 주는 흙으로 무덤은 순식간에 완성되었습니다. 무덤이 다 만들어지자 까마귀들은 북쪽 하늘로 날아갔습니다.

문양 형제는 무덤 앞에 앉아 집에 돌아갈 생각도 하지 않고 어머니를 생각하며 하염없이 울었습니다.

까마귀는 효성이 지극한 새랍니다. 까마귀 새끼가

다 자라면 어미 새, 아비 새에게 먹이를 물어다가 주기 때문입니다.

　까마귀도 문양 형제의 효성에 감동하여 무덤 만드는 일을 도와 주었던 것입니다.

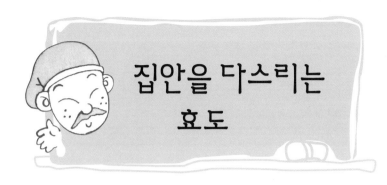

집안을 다스리는 효도

공자가 말했습니다.

"가족들은 가정에서 매우 자연스럽게 행동한다. 하지만 서로 깍듯이 예의를 갖추어야 한다.

부모를 존중할 수 있어야 임금을 존중할 수 있다. 형을 존중할 수 있어야 윗사람을 존중할 수 있다. 아내를 존중할 수 있어야 벼슬에 나가 백성들을 존중할 수 있다."

한 번 더 생각해 봅시다

　　나라는 의리를 따져 다스리지만 가정이라는 곳은 의리가 아닌 사랑과 정에 치우쳐 다스리기가 쉽습니다.

　　그래서 나라 다스리는 도를 가정에서도 베풀어야 합니다.

　　아버지에게는 임금과 같은 도가 있고, 형에게는 어른과 같은 도가 있고, 처자와 노비는 백성과 인부와 같습니다. 의리가 사사로운 정을 막으면 높고 낮은 것과 안과 밖이 분명한 이치가 있게 될 것입니다.

　　그러므로 집안에서 처리하는 일이라 할지라도 한 나라를 다스리는 이치가 모두 갖추어져야 합니다.

원문과 낱말풀이

자 왈　규 문 지 내　구 례 의 호
子曰, 閨門之內, 具禮矣乎.

엄 부 엄 형　　처 자 신 첩
嚴父嚴兄, 妻子臣妾,

요 백 성 도 역 야
繇百姓徒役也.

규문지내(閨門之內) : '집안에서는'이라는 뜻이다.
엄부엄형(嚴父嚴兄) : '아버님과 형님이 계시면'으로 풀이된다.
도역(徒役) : 도역은 옛날 나라의 여러 가지 일을 한 사람들로 인부와 같은 뜻이다.

장손부인의 유언

중국 당나라 시대에 최관이라는 사람이 하북 땅에
살고 있었습니다. 최관의 집안은 형제와 자손이 많고
집안의 모든 일이 순조롭게 잘 풀렸습니다. 하북 사람
들은 크게 번창한 최관의 집안을 늘 부러워했습니다.

최관의 할머니 장손부인은 나이가 많았습니다. 이가
하나도 남아 있지 않아 아무 음식도 먹을 수가 없었습
니다.

장손부인의 며느리인 당부인은 효성이 지극한 사람
이었습니다. 아침이면 머리를 감기고 빗질을 해 주었
습니다. 그 후에는 뜰 아래에서 절을 하고 방으로 들
어와 시어머니에게 자기의 젖을 먹였습니다.

시어머니인 장손부인은 며느리 덕분에 여러 해 동안
음식을 먹지 않고도 건강할 수 있었습니다.

세월이 흘러 점점 더 몸이 약해진 장손부인은 자리
에 눕게 되었습니다. 죽음을 예감하고는 온 집안 사람
들을 불러 모았습니다. 장손부인은 집안 사람들을 번
갈아 보며 유언을 했습니다.

"살 만큼 살아 원이 없지만 며느리의 은혜를 갚을 길이 없어 애석하구나. 이제 마지막 말을 해야겠다. 며느리가 내게 했던 것처럼 대대손손 모두 효도하고 공경하면, 우리 최씨 집안은 크게 번창할 것이다."

장손부인의 유언대로 최관의 자손들은 효를 몸소 실천하였습니다. 덕분에 집안은 나날이 번창했습니다.

시어머니 눈을 뜨게 한 며느리

가난한 젊은 부부가 앞을 못 보는 어머니를 모시고 살았습니다.

남편은 부지런히 나무를 해다 팔았고, 아내는 힘든 품팔이를 나서서 했지만 끼니조차 잇기 힘들었습니다.

하루는 남편이 아내에게 장사를 하러 간다고 말하고는 멀리 떠났습니다. 남편이 떠난 뒤로도 아내는 부지런히 품을 팔아 시어머니를 봉양했습니다.

하지만 장마철에 접어들자 생활이 점점 어려워졌습니다. 일거리가 떨어져 늘 굶고 살아야 했습니다. 며느리는 시어머니가 굶게 되자 너무나 마음이 아팠습니다.

'나는 배고픔을 참을 수 있지만 어머니는 저러다 병이 날까 두렵구나.'

시어머니께 드릴 것이 없어 더욱 안쓰러웠습니다.

며느리는 먹을 것을 찾아 이리저리 돌아다니다가 시궁창에서 지렁이가 들썩거리는 것을 발견했습니다. 며느리는 지렁이를 몇 마리 잡아 집으로 돌아갔습니다.

지렁이를 깨끗이 씻어 솥에 넣고 푹 삶았습니다. 한참 끓인 뒤에 맛을 보니 먹을 만했습니다.

'맛은 괜찮은데 어머니께 이걸 드려야 하나……'

한참 망설이다가 국물을 떠서 시어머니에게 드렸습니다.

시어머니는 국물을 받아 먹으며 말했습니다.

"얘야, 이게 무슨 고기냐? 맛이 좋고 기름지구나. 이렇게 맛있는 고깃국은 생전 처음 먹어 본다."

시어머니가 좋아하자 그녀는 매일 지렁이를 끓여 드렸습니다. 시어머니는 국물을 맛있게 먹으며 아들이 없는 것을 안타깝게 여겼습니다.

"이 맛있는 고기를 아범이랑 같이 먹으면 좋을 텐데. 언제 집에 오려나."

장사를 떠난 남편은 얼마 후에 돈을 많이 벌어서 돌아왔습니다.

그 때 아내는 지렁이를 잡으러 가서 집에 없었습니다. 집에 들어선 남편은 곧장 어머니 방으로 들어갔습니다. 어머니는 혈색이 좋고 건강해 보였습니다.

"어머님 제가 돌아왔어요. 돈도 많이 벌어 왔어요. 이제부터 호강시켜 드릴게요, 어머니."

"타지에서 얼마나 고생이 많았느냐? 어디 얼굴이나 만져 보자."

어머니는 아들 얼굴을 만져 보고는 다시 말을 이었습니다.

"애야, 먼 길 오느라 시장하겠구나. 나는 지금까지 며느리가 고깃국을 끓여 주어 참 잘 먹고 지냈단다. 너도 한번 먹어 보렴, 얼마나 맛 좋은지 모른단다."

없는 살림에 고깃국을 먹었다는 말에 아들은 부엌으로 가서 솥뚜껑을 열어 보고는 너무나 놀랐습니다.

"아니, 이건 지렁이잖아요! 어머니, 여태 이걸 드셨단 말이에요?"

"뭐, 뭐라고? 지렁이?"

어머니는 깜짝 놀라 여기저기를 더듬거리며 부엌으로 가려고 했습니다. 그러다가 갑자기 큰 소리로 외쳤습니다.

"어, 애야? 눈이 보인다, 눈이 보여! 이게 꿈이냐, 생시냐?"

때마침 지렁이를 잡아 가지고 돌아온 며느리가 그 광경을 보았습니다.

"여보! 어머님이 눈을 뜨셨어요!"

어머니와 아들과 며느리는 너무나 기뻤습니다. 서로
얼싸안고 기쁨의 눈물을 흘렸습니다.
이웃 사람들은 착한 며느리의 효성이 하늘에 닿아
시어머니의 눈을 뜨게 했다며 칭찬을 했습니다.

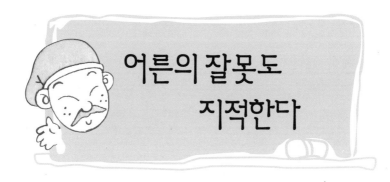

어른의 잘못도 지적한다

증자가 스승 공자에게 물었습니다.

"사랑하고 공경하여 부모를 편안하게 해 드리고 후세에까지 이름을 남기는 것에 관해서 가르침을 받았습니다. 감히 여쭙겠습니다. 자식이 부모의 명령에 따르기만 하면 효라 할 수 있겠습니까?"

공자가 대답했습니다.

"이 무슨 말인가? 삼아, 대체 무슨 말을 하는 게냐? 내 말의 의미를 아직 이해하지 못했단 말이더냐? 옛날 천자에게 잘못을 고치도록 말하는 신하가 일곱만 있으면 천자가 도리에 어긋난 행동을 하더라도 천하를 잃지 않는다고 했다.

제후에게 임금의 도리에 어긋나는 점을 말하는 신하

가 다섯만 있다 하더라도, 나라를 잃는 일은 없다.

관리에게 도리에 어긋나는 점을 말하는 사람이 세 명만 있으면, 설령 관리가 도리에 어긋난 행동을 하더라도 가정을 잃지 않는다.

선비에게 잘못된 점을 말하는 친구가 있다면 그에게서 명성이 떠나지 않을 것이다.

잘못을 말하는 자식을 둔 아버지는 불의에 빠지는 일이 없다.

그러므로 부모에게 도리에 어긋나는 점이 있으면, 자식은 어떤 일이 있어도 부모에게 말하지 않으면 안 된다. 임금에게 도리에 어긋나는 점이 있으면 신하는 어떤 일이 있어도 임금에게 말해야 한다.

부모의 명령에 무조건 따르기만 하는 것을 어찌 효라 할 수 있겠느냐?"

한 번 더 생각해 봅시다

참다운 효자라면 부모의 옳지 않은 점을 알았을 때 말해야 합니다. 부모의 불의를 보고도 그대로 따른다면 효가 아닙니다. 오히려 불효를 저지르는 것입니다.

잘못을 여러 번 말하였으나 부모가 듣지 않을 수도 있습니다. 그렇다고 하더라도 공경함을 잊어서는 안 됩니다. 또 이치에 맞지 않더라도 원망하지 말며 효도를 다하여 부모를 기쁘게 한 후에 감동시켜 잘못을 고치도록 해야 합니다. 하지만 부모의 잘못을 직접적으로 말하지 말고 은근히 전해야 합니다.

직접적으로 하지 않는 은근한 말은 부모에게만 하는 것이 아닙니다. 나 자신과 관계가 있는 사람들에게 결점이 보여도 그를 탓하거나 나무랄 것이 아니라 은근히 가르쳐 주고 이해시켜야 합니다.

이 모두는 사랑하는 사람을 바른 데로 돌아가게 하는 것입니다.

원문과 낱말풀이

_{증 자 왈   약 부 자 애 공 경}
曾子曰, 若夫慈愛恭敬,

_{안 친 양 명   삼 문 명 의}
安親揚名, 參聞命矣.

_{감 문   자 종 부 지 명   가 위 효 호}
敢問, 子從父之命, 可謂孝乎.

_{자 왈   삼 시 하 언 여   시 하 언 여   언 지 불 통 야}
子曰, 參是何言與. 是何言與. 言之不通耶.

_{석 자   천 자 유 쟁 신 칠 인}
昔者, 天子有爭臣七人.

_{수 무 도   불 실 천 하}
雖無道, 弗失天下.

_{제 후 유 쟁 신 오 인   수 무 도   불 실 기 국}
諸侯有爭臣五人, 雖無道, 弗失其國.

_{대 부 유 쟁 신 삼 인   수 무 도   불 실 기 가}
大夫有爭臣三人, 雖無道, 弗失其家.

_{사 유 쟁 우   즉 신 불 리 어 영 명}
士有爭友, 則身弗離於令名.

_{부 유 쟁 자   즉 신 불 함 어 불 의}
父有爭子, 則身弗陷於不義.

_{고 당 불 의   즉 자 불 가 이 부 쟁 우 부}
故當不誼, 則子不可以不爭于父.

_{신 불 가 이 부 쟁 어 군   고 당 불 의   즉 쟁 지}
臣不可以不爭於君. 故當不誼, 則爭之.

_{종 부 지 명   우 안 득 위 효 호}
從父之命, 又安得爲孝乎.

약부(若夫) : 다시 이야기를 계속할 때 쓰는 말이다.
안친양명(安親揚名) : 부모를 편안하게 하여 드리고, 자기 이름을 날리는 것이다.
시하언여(是何言與) : '무슨 말을 하느냐?' 뜻밖의 일에 놀랐을 때 하는 말이다.
쟁신(爭臣) : 임금의 잘못을 강력하게 충고하는 신하를 뜻한다.

증자의 잘못

증자가 땀을 뻘뻘 흘리며 오이 밭에서 김을 매고 있었습니다. 증자는 빨리 끝낼 셈으로 일을 서둘렀습니다. 그런데 너무 급하게 일을 하는 바람에 그만 실수를 하고 말았습니다. 여러 포기의 오이 뿌리가 호미질에 상해 버렸던 것입니다. 뙤약볕에 뿌리가 잘려 나간 오이는 형편없이 시들어 버렸습니다.

아버지 증석이 말라 버린 오이를 보고 크게 화를 냈습니다.

"잡초를 뽑으라고 했지 누가 오이를 자르라고 했느냐?"

아버지는 화를 참지 못하고 큰 지팡이로 증자의 등을 마구 때렸습니다. 증자는 그만 정신을 잃고 밭이랑 사이에 픽 쓰러졌습니다. 얼마 후에 깨어난 증자는 기쁜 마음으로 아버지 증석을 찾아가 말했습니다.

"아버님, 제가 큰 죄를 저질렀습니다. 아버님께서 힘으로 저의 잘못을 깨우쳐 주셨습니다. 제 몸은 아무렇지도 않습니다."

155

증자는 잘못을 빌고 자기 방으로 들어갔습니다. 그리고는 즐겁게 거문고를 뜯으며 노래를 불렀습니다. 자신의 몸과 마음이 아무렇지도 않다는 것을 아버지에게 알려 주기 위해서였습니다.

증자의 일을 스승 공자가 듣게 되었습니다. 공자는 심하게 화를 내며 제자들에게 말했습니다.

"증삼이 오더라도 만나고 싶지 않으니 들여보내지 말라."

증삼은 증자의 이름입니다. 증자는 자신의 행동이 잘못된 것이라고는 생각하지 않았습니다. 그래서 사람을 보내 스승이 노한 까닭을 물어 오도록 했습니다. 공자가 말했습니다.

"너는 들어 본 적이 없더냐? 옛날 고수라는 사람에게 아들 순이 있었다. 순은 아버지가 일을 시킬 때는 반드시 옆에 있었다. 그런데 만약 자신을 죽이려고 할 것 같으면 어디론가 달아나 아버지의 눈에 띄지 않도록 했다. 작은 지팡이로 때릴 때는 달게 벌을 받았지만, 큰 지팡이로 때릴 때에는 달아났다. 그래서 고수는 자식을 죽이는 죄를 저지르지 않을 수 있었다. 순은 그렇게 효도를 했다.

네 자신을 돌이켜 보아라. 너는 화가 극도로 치민 아버지에게 몸을 맡겼다. 죽을 지경이 되었는데도 피하지 않았다. 만약 네가 죽게 되고 네 아버지가 자식을 죽인 죄를 저지르게 된다면, 이보다 더 큰 불효가 어디 있겠느냐? 너는 천자의 백성이 아니더냐? 천자의 백성을 죽이면 어떤 죄가 되는지 생각해 보았느냐?"

증자는 스승의 말을 듣고 자기의 잘못을 크게 뉘우쳤습니다.

"제가 너무나 큰 죄를 저질렀습니다."

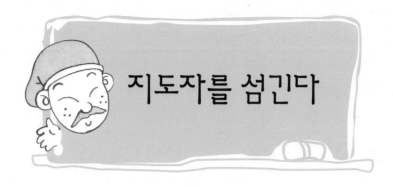

지도자를 섬긴다

공자가 말했습니다.

"덕이 있는 군자는 임금을 섬길 때에 충성을 다한다. 임금 곁에서 물러나 집에 돌아와서도 임금의 잘못을 고치려고 깊이 생각한다.

임금의 좋은 뜻에 따라 나라일을 하고 임금의 잘못을 막아 바로잡는다.

그러므로 임금과 신하 사이가 가까워지고 정이 흐르게 된다.

〈시경〉에는 '마음으로 사랑하니 멀리 있어도 멀게 느끼지 않는다. 가슴 속에 임금을 사랑하는 마음을 품고 있는데, 어찌 잠시라도 잊을 수 있겠는가.' 라고 하였다."

한 번 더 생각해 봅시다

상대방에게 무엇을 요구하는 것보다 우선 자신이 잘하여야 됩니다.

내가 남에게 잘하면 남도 나에게 잘할 것이고, 반대로 내가 남에게 잘못하면 남도 또한 나에게 잘못할 것입니다. 또 윗사람이 아랫사람에게 '네 부모에게 효도하여라' 하고 백 번 이상 이야기하는 것보다 자기 스스로가 자기 부모에게 말없이 효도하면 아랫사람 모두가 제 부모에게 효도하고 스스로 윗사람을 공경하게 될 것입니다.

원문과 낱말풀이

자왈 군자지사상야
子曰, 君子之事上也.

진사진충 퇴사보과
進思盡忠, 退思補過.

장순기미 광구기악
將順其美, 匡救其惡.

고상하능상친야
故上下能相親也.

시운 심호애의 하불위의
詩云, 心乎愛矣. 遐不謂矣.

충심장지 하일망지
忠心藏之. 何日忘之.

진사진충(進思盡忠) : 조정에 나아가서는 충성을 다할 것을 생각한다.

퇴사보과(退思補過) : 조정에서 물러나서는 임금의 과실을 고칠 것을 생각한다.

광구기악(匡救其惡) : 군자에게 잘못이 있을 때는 그것을 막고 바로잡는다.

성충

 백제 의자왕은 놀이에만 빠져 나라일을 돌보지 않았습니다. 매일 잔치를 열어 술을 마시며 세월을 보냈습니다.

 성충은 임금의 행동 때문에 걱정이 태산 같았습니다. 왕에게 나라일에 힘써 달라고 여러 번 말했지만 이미 놀이에 빠진 왕에게는 소용이 없었습니다. 의자왕은 오히려 화를 내며 성충을 옥에 가두어 버렸습니다.

 성충은 옥에 갇혀서 아무것도 먹지 않았습니다. 오로지 나라일만 걱정했습니다. 마지막 방법으로 손가락을 잘라 혈서를 써서 왕에게 올렸습니다.

 "진정 나라를 생각하는 신하는 죽어서도 임금을 잊지 않사옵니다. 신이 보기에 머지 않아 전쟁이 일어날 것 같사옵니다. 전쟁이 일어나더라도 길목을 지키고 적을 막으면 승리할 것입니다."

 성충은 마지막 글을 올리고 세상을 떠났습니다. 그런데도 왕은 전혀 반성하는 기색이 없었습니다.

얼마 후에 성충의 말대로 전쟁이 일어났습니다. 신라와 당나라 군사들이 백제를 공격해 왔습니다.

의자왕은 적을 맞아 싸우면서 성충이 말한 곳을 지키지 않았습니다. 결국 크게 패하여 성까지 빼앗길 지경에 이르렀습니다.

왕은 그제야 눈물을 흘리며 뉘우쳤습니다.

"성충의 말을 듣지 않아 이 꼴이 되는구나. 저승에 가서 어떻게 성충을 볼까."

의자왕은 결국 피눈물을 머금고 낙화암에 올라 백마강에 몸을 던졌습니다.

무덤에서 들려오는 소리

신라 진평왕은 사냥 다니기를 무척 좋아했습니다. 틈만 나면 신하들을 데리고 산과 들로 나갔습니다. 자연히 나라일을 소홀히 하였습니다.

나라일이 제대로 되지 않으면 고생하는 쪽은 백성들이었습니다. 김후직은 백성들의 한숨소리를 듣고 왕에게 사냥을 그만 두라고 말했습니다. 여러 차례 말했지만 김후직의 말은 받아들여지지 않았습니다.

김후직은 죽는 순간까지 나라를 걱정했습니다. 그래서 세 아들을 불러 놓고 유언을 하면서 부탁했습니다.

"나는 신하 된 도리를 다하지 못하고 눈을 감는다. 내가 죽거든 꼭 임금이 사냥 다니는 길가에다 묻어라."

세 아들은 아버지의 유언에 따라 임금이 다니는 길가에다 아버지 무덤을 만들었습니다.

뒷날 사냥을 가게 된 왕이 김후직의 무덤을 지나가게 되었습니다. 왕이 무덤 앞에 이르자 무덤 속에서 갑자기 무슨 소리가 났습니다.

"상감께서는 가지 마십시오."

사람 말소리가 세 번씩이나 울렸습니다. 깜짝 놀란 왕은 옆에 서 있는 신하에게 물었습니다.

"사냥을 말리는 소리 같은데 누구의 무덤이더냐?"

이미 김후직의 사연을 알고 있던 신하는 곧바로 대답했습니다.

"김후직 대감의 묘이옵니다."

그리고 김후직이 죽으면서 남겼던 유언까지 덧붙여 자세하게 들려 주었습니다.

김후직의 충심에 감동한 왕은 눈물을 흘렸습니다.

"경이 살아 있을 때 나에게 충성스런 말을 하더니 죽어서도 잊지 않고 나를 위하는구려. 끝내 내 허물을 고치지 않는다면 무슨 낯으로 저승에 가서 그대를 만나리오."

왕은 진심으로 자신의 잘못을 후회하였습니다. 그리고 다시는 사냥을 하지 않았습니다.

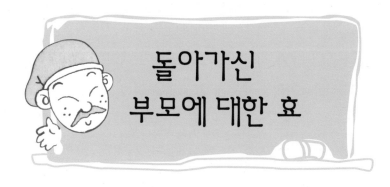

돌아가신 부모에 대한 효

공자가 말했습니다.

"부모를 잃은 효자가 울 때는 큰 소리로 운다. 하지만 울음소리는 금방 넘어갈 듯하다. 문상객에게 절을 할 때도 자신의 용모를 매만지지 않는다. 결코 꾸미지 않는 것이다. 아름답고 좋은 옷을 입어도 마음이 편안하지 않고 아름다운 음악을 들어도 마음이 즐겁지 않다. 맛있는 음식을 먹어도 그 맛을 모른다. 이 여섯 가지는 모두 부모의 죽음을 슬퍼하고 서러워하는 효자의 정 때문이다.

부모님이 돌아가신 지 삼 일 후에 음식을 먹도록 가르친다. 부모의 죽음을 너무 슬퍼한 나머지 살아 있는 사람까지 목숨을 잃을 수는 없기 때문이다. 생명을 잃

164

지 않도록 하는 것은 성인의 가르침이다.

부모의 죽음을 슬퍼하는 마음은 한이 없다. 하지만 상복을 삼 년 넘게 입도록 하지 않는다. 모든 백성들에게 일의 끝을 보여 주기 위해서이다.

부모가 돌아가시면 정성을 다해 장례를 치르고 부모와의 이별을 슬퍼한다. 큰 소리로 곡을 하고 눈물을 흘린다. 가슴을 치고 발을 구르며 부모를 묘지로 떠나보낸다. 묘 자리는 좋은 곳을 골라 부모를 모신다.

삼 년이 지나면 위패를 사당에 모신다. 부모의 넋이 음식을 드시도록 하기 위함이다. 그 후 때에 따라 제사를 지낸다. 그 계절에 나오는 음식을 차려 부모의 은혜를 잊지 않는다. 이처럼 부모가 살아 계실 동안에는 사랑과 공경으로 섬기고, 돌아가신 뒤에는 항상 슬퍼하며 잊지 않는다.

이로써 부모에 대한 자식의 도리가 갖추어진다. 그리하면 효자가 부모를 섬기는 일을 다했다고 말할 수 있는 것이다."

한 번 더 생각해 봅시다

공자께서는 군자에게 세 가지 즐거움이 있는데, 이 세 가지 즐거운 일 중에서 부모가 모두 살아 계신 것이 그 첫째 즐거움이라고 하였습니다.

그런데 불행히 하루아침에 부모가 돌아가신다면 그 슬픔이 얼마나 크겠습니까?

삶이 있으면 반드시 죽음이 있습니다. 시작이 있으면 반드시 끝이 있게 마련입니다. 부모가 살아 계실 때에는 정성을 다하여 섬기고 돌아가셨을 때에는 슬픔을 다하여 장사를 지내고 제사 지낼 때에도 예를 다해야 효도라 할 것입니다.

원문과 낱말풀이

자 왈   효 자 지 상 친 야   곡 불 의
子曰, 孝子之喪親也, 哭弗依.

예 망 용   언 불 문   복 미 불 안   문 악 불 락   식 지 불 감   차 애 지 정 야
禮亡容, 言弗文, 服美弗安, 聞樂弗樂, 食旨弗甘. 此哀 之情也.

삼 일 이 식   교 민 망 이 사 상 생 야
三日而食, 敎民亡以死傷生也.

훼 불 멸 성   차 성 인 지 정 야   상   불 과 삼 년   시 민 유 종 야
毀不滅性, 此聖人之正也. 喪, 不過三年, 示民有終也.

위 지 관 곽 의 금 이 거 지
爲之棺槨衣衾以擧之,

진 기 보 궤   이 애 척 지
陳其簠簋, 而哀戚之,

곡 읍 벽 용   애 이 송 지
哭泣擗踊, 哀以送之,

복 기 택 조   이 안 조 지
卜其宅兆, 而安措之,

위 지 종 묘   이 귀 향 지
爲之宗廟, 以鬼享之,

춘 추 제 사   이 시 사 지
春秋祭祀, 以時思之.

생 사 애 경   사 사 애 척
生事愛敬, 死事哀戚.

생 민 지 본 진 의   사 생 지 의 비 의   효 자 지 사 종 의
生民之本盡矣. 死生之誼備矣. 孝子之事終矣.

효자지상친야(孝子之喪親也) : '자식이 부모가 죽었을 때는'으로 풀이된다.
곡불의(哭弗依) : 곡소리가 그치지 않는다.
언불문(言弗文) : 말을 꾸미지 않는다.
삼일이식(三日而食) : 부모가 돌아가신 후 3일 동안은 음식을 먹지 않는다.
관관(棺槨) : 시체를 넣는 상자.
벽용(擗踊) : 부모를 잃어 여자는 손으로 자신의 가슴을 치고 발을 구르며 매우 슬퍼한다.

어머니를 업고 피난을 간 강혁

전쟁이 일어나 세상이 온통 난리였습니다. 언제 강혁이 사는 마을까지 난리가 닥칠지 몰랐습니다.

강혁은 병들어 몸을 움직일 수 없는 어머니가 걱정되었습니다. 성난 군사들이 오게 되면 어떤 화를 당할지 알 수 없었던 것입니다. 어서 난리가 그치기만을 바랄 뿐이었습니다.

하지만 난리가 더 크게 번지고 있다는 소문만 돌 뿐이었습니다. 강혁은 너무나 마음이 답답하고 조마조마했습니다. 잠이 오지 않아 밤새 뒤척이다가 밖으로 나갔습니다.

길가에 나간 강혁은 자신의 눈을 의심했습니다. 수많은 사람들이 무리지어 어디론가 가고 있었습니다. 손에는 저마다 짐보따리가 들려 있었습니다.

'난리를 피해 피난 가는구나. 나도 어머니를 모시고 가야 할 텐데, 거동을 못하시니 어찌해야 하나.'

어쩔 도리가 없는 강혁은 걱정이 태산 같았습니다.

'이대로 있다간 무슨 일을 당할지 알 수 없다. 게다

가 연로하신 어머니를 위험에 빠뜨린다면 자식 된 도
리가 아니다. 그래, 업고서라도 피난을 가자.'

다음날로 강혁은 어머니를 업고 피난을 떠났습니다.
군사들과 도적들을 피해 험한 산과 길을 돌아다녔습니
다. 그리고 언제나 나무 열매와 뿌리로 어머니가 허기
지지 않도록 봉양했습니다.

그런데 하루는 산에서 풀뿌리를 캐다가 도적 떼에게
붙잡히고 말았습니다. 도적들은 어머니를 떼어 버리고
강혁을 잡아가려고 했습니다.

"이 녀석, 몸이 참 좋구나. 쓸 만한 놈이니 데려가
자."

깜짝 놀란 강혁은 무릎을 꿇고 울면서 애원했습니
다.

"저에게는 늙으신 어머니가 계십니다. 어머니는 제
가 없으면 한 발짝도 움직일 수 없는 몸입니다. 혼자
서 하루도 살 수 없는 어머니를 갈라 놓을 작정이라면
차라리 여기서 저를 죽이십시오."

눈물을 흘리며 간절히 애원하는 모습에 도적들은 크
게 감동하였습니다. 도둑들은 차마 강혁을 잡아갈 수
가 없었습니다. 도리어 그들 모자에게 피난 갈 곳을

가르쳐주었습니다. 그래서 강혁은 어머니와 함께 난리를 무사히 피할 수가 있었습니다.

전쟁이 끝나자 강혁은 어머니를 모시고 고향으로 돌아왔습니다. 난리는 끝났지만 굶주림은 여전했습니다. 먹을거리가 없어 살아가기가 무척 어려웠습니다. 다행히 품을 팔아 간신히 어머니를 봉양할 수 있었습니다. 그리고 어머니에게 좋은 것이 있으면 어떻게 해서든지 기어이 구해다 드렸습니다.

세월이 흘러 나라 안은 점차 안정을 찾아 갔습니다. 조정에서는 사람의 수를 조사하려고 백성들을 관청으로 불러들였습니다.

강혁도 어머니를 모시고 관청에 나가야 했습니다. 강혁은 집을 나설 때 어머니를 편하게 모시려고 무척 애를 썼습니다. 그래서 소나 말이 끌면 행여나 다칠까 봐 직접 수레를 끌고 나갔습니다.

그 광경을 본 마을 사람들은 강혁의 효성을 입이 닳도록 칭찬했습니다.

"저기 저 강혁 좀 보게. 어쩌면 저렇게 어머니에게 지극 정성을 다할 수 있을까."

"요즘 세상에 보기 드문 둘도 없는 효자가 아닌가.

효자가 효자를 낳는다고 자네도 늘그막에 효도받고 싶으면 미리부터 부모에게 정성을 쏟으라구."

사람들은 정말 큰 효자 났다고 칭찬을 아끼지 않았습니다.

강혁은 어머니가 돌아가시고 난 후에도 자식 된 도리를 지켰습니다. 무덤 곁에 초막을 짓고 삼년상을 치렀습니다. 끼니 때가 되면 음식을 차려 놓고 어머니 모습을 떠올렸습니다.

고을의 군수가 강혁의 소식을 듣고 친히 상복을 벗겨 주었습니다. 나라에서도 효성이 지극한 강혁에게 큰 상을 내렸습니다. 곡식 천 석을 주고 해마다 팔월이면 양고기와 술을 보내 주었습니다.

―끝―

효경이 뭘까요?

초판 1쇄 인쇄/2014년 05월 06일
초판 1쇄 발행/2014년 05월 08일

엮은이 /어린이선비교실
펴낸이 /김범수
펴낸곳 /자유토론
출판등록번호 /제 314-2009-000001호

서울시 종로구 종로 1가 24 르 · 메이에르 B동 1814호
전화 / 02)333-9535 팩스 / 02)6280-9535
E-mail/fibook@naver.com

ISBN/978-89-93622-40-9(63810)
값 9,800원